「うふふ、た・だ・い・ま」
《真紅の山猫》訓練生
マリア
種族はダンピールで、
見た目は妖艶美女だが、
実は肉弾戦を得意とする物理系。
最強の鑑定士って誰のこと？
Who is the strongest appraiser?
～満腹ごはんで異世界生活～
11

「嬉シイ！　オ友達、マタ増エタ！」
採取系ダンジョン・収穫の箱庭の主
ダンジョンマスター
「どうしてもというなら、ともだちに、なってやる」
ロイヤルワーキャットの若様
リディ

異世界転移した男子高校生
釘宮悠利
《真紅の山猫》の訓練生
アロール
《真紅の山猫》訓練生
リヒト
友達作り
大成功!!

「僕の故郷の料理で、冷やしおでんです。
冬瓜とジャガイモ、色んな練り物が入っています。
各自好きなものを取って食べてくださいね」

最強の鑑定士って誰のこと？

Who is the strongest appraiser?

～満腹ごはんで異世界生活～

11

港瀬つかさ　ill.シソ

口絵・本文イラスト
シソ

装丁
木村デザイン・ラボ

お品書き

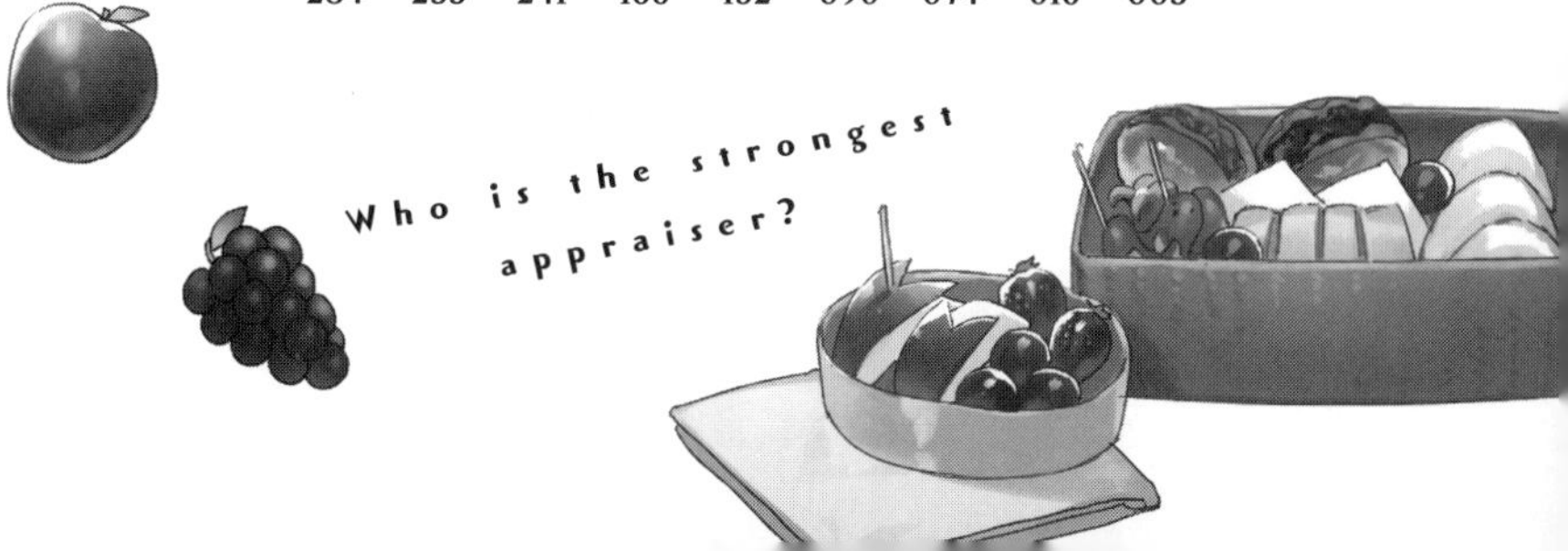

Who is the strongest appraiser?

プロローグ　港町での海水浴は楽しかったです

釘宮悠利《くぎみやゆうり》は、十七歳のごく普通の男子高校生だ。ただし、今の彼は高校生でもなければ、普通でもなかった。

ある日の下校途中に突然異世界に転移してしまってから、早数か月。初心者冒険者をトレジャーハンターに育成する《真紅の山猫《スカーレット・リンクス》》というクランに身を寄せ、リーダーのアリーに怒られつつも家事担当として生活している。

異世界転移の特典のように、この世界で最高峰の鑑定技能《スキル》である【神の瞳《ひとみ》】を与えられ、それに伴い伝説の職業《ジョブ》である探求者になっている悠利。しかし、彼は己のチート能力を気にせず、美味《おい》しいご飯と仲間達の笑顔のためにのんびりと日々を過ごしているのだ。

現代日本産の天然は、異世界でも、逞《たくま》しく、彼らしく、今日もとても元気です。

「ロカの町、楽しかったねー」

ほんわかした笑顔で悠利が告げると、周囲から同意の声が上がった。今、悠利の周りにいるのは、見習い組の四人だった。

「オイラ、海が凄《すご》くて驚いたよ」

「確かに。湖とは全然違うもんなー」

「海は広いし大きいし、波も凄いからねー」

しみじみとした口調で呟《つぶや》くヤックに、ウルグスと悠利が頷《うなず》く。農村育ちのヤックは海に縁がなく、内陸の王都ドラヘルンで生まれ育ったウルグスも、海より湖に馴染《なじ》みがあった。なので、思う存分海を堪能した先日の海水浴は、彼らにとって実に楽しい想い出だった。

港町ロカはその名の通り港町だが、同時に海水浴場も備えていた。海水浴場といっても、リゾート地のビーチみたいな雰囲気ではない。庶民御用達の、わちゃわちゃ楽しむような砂浜だ。海の家のご飯も大変美味しかった。

普段は修行に明け暮れる《真紅の山猫》の面々だが、時々は休暇が存在する。夏休みとして、この間は海水浴に出掛けたのだが、戻ってきてからも楽しかった想い出をこんな風に口にする日々だ。広い砂浜を走り回り、波の踊る海を泳ぎ、水底に沈む綺麗《きれい》な石を探すために潜ったりした。悠利が買っておいたスイカを使って、スイカ割りも楽しんだ。海の家の美味しいご飯も堪能し、本当に楽しい時間だったのだ。

「マグも、泳げるようになったしな」

「……？」

「マグが泳げなかったとか、自己申告されても全然信じられなかったけど」

「何故《なぜ》？」

「いや、何故って言われてもさぁ……」

不思議そうに首を傾《かし》げるマグの無表情を見下ろしながら、カミールは困ったように笑う。マグの身体能力をよく知っているので、その彼が泳げないと言われてもイマイチ理解出来なかったのだ。

なお、泳いだことがないから泳げなかっただけで、教わったら一日で泳げるようになったマグなのだが。その辺り、やはり彼の身体能力はずば抜けていることの証明なのかもしれない。

泳ぐというのは意外と出来ない人もいる特技に該当する。歩いたり走ったりは大抵の人に出来るだろうが、泳ぐのはしっかりと修練を積まなければならないからだ。そして、その練習をするためには広い水場が必要になる。

別に海でなくても構わない。川でも湖でも、しっかりと泳ぎ方を教えてくれる誰かがいて、当人が練習すれば、泳げるようになるだろう。マグにはそのどちらも存在しなかったというだけの話だ。

「マグもだけど、僕はレレイが泳げないのが意外だったなぁ……」

「それは思った」

「わかる」

「めっちゃわかる」

悠利がぽつりと零《こぼ》した本音に、カミールは力一杯頷いた。それに、ヤックとウルグスが便乗する。マグはただ一人、よく解らないと言いたげに首を傾げていた。

運動神経抜群で、身体能力お化けみたいなところのあるレレイ。その彼女が泳げないと言われたときの衝撃は、凄《すさ》まじかった。しかも、マグと二人で浮き輪を装備しての台詞《せりふ》だ。周囲の度肝を抜くには十分だった。

そんなレレイも、マグと共にイレイシアに泳ぎを習い、一日で普通に泳げるようになってしまったが。やはり、元からの身体能力の高さは伊達《だて》ではないのだろう。教え手が泳ぎの得意な人魚だというのを差し引いても、かなりのスピードだ。

「でも本当に、海水浴楽しかったよねぇ」

「オイラ、ルークスに一度も勝てなかったのが心残り……！」

「いやー、アレに勝つのは多分無理だなと俺は思ったね」

「同感だ」

「あははは……。ルーちゃん、船みたいなことしてたからね……」

ヤックが悔しそうに告げるが、一同は遠い目をするだけだった。相手があのルークスでは仕方ないとでも言いたげである。

見習い組の泳げる三人とルークスで、何度も誰が一番速く泳げるかという競争をしていたのだ。そこまでは良い。しかし、沈まないスライムであるルークスは、自分の身体《からだ》の一部をまるでオールのようにして移動したのだ。物凄《ものすご》いスピードだった。

何度も何度も勝負を繰り返したが、絶対に沈まない上にオールを装備したスライムに、彼らは一度として勝てなかったのだ。ルークスも手加減するとかを知らないので、常に全力勝負。……まぁ、楽しかったのは事実だが。

悠利としては、ルークスがそんな風に皆とはしゃいで遊んでいた光景を、楽しく見ていたのだが。潜れないので悠利と一緒に石拾いを楽しめなかったルークスが、自分でも出来る遊びを見つけてははしゃいでいる姿が可愛《かわい》らしかったので。

「そういや、海の家で食べたご飯も美味しかったけど、ユーリ、色々食材を買い込んでたよな？」

「オマケをしてもらえる市場がそこにあるのに、買わないわけがないよね？」

「真顔止めて」

「ユーリ、普段はそうじゃないのに、時々なんかこう、真剣さが怖くなる」

「だって、鮮度抜群で安い上に、オマケまでしてもらえるんだよ？　買うに決まってるじゃん」

「「買いすぎだから」」

「えぇ……」

力説する悠利に、見習い組達は頭を振りながらツッコミを入れた。彼らだって、悠利の言い分は理解出来る。確かにお得だなと思う。

だからといって、容量無制限の魔法鞄《マジックバッグ》と化した学生鞄《かばん》に、次から次へと戦利品を詰め込んでいく姿はどうかと思うのだ。悠利の学生鞄はハイスペックなので、時間停止機能が付いている。中に入れた食材が傷むことはない。だからまぁ、無駄にはならないのだ。

それでも、限度ってものがあるんじゃないか？　と思う見習い組なのだ。帰還する日、市場でせっせと買い物に励む悠利の姿を、彼らはきっと忘れないだろう。

……何せ、端から端まで全部制覇するぞ！　みたいな勢いだったのだから。実際、八割ぐらいは制覇したに違いない。

何でそこまで必死になるかなぁと思ってしまう少年達。彼らと悠利では、根本的に料理や食材に対する熱意が違った。悠利の情熱は、家計を預かる主婦のそれに似ている。

まぁ、実際彼が今やっていることは主夫みたいなものなので、間違ってはいないのだけれど。

「そう言うけど、そうやって買ってきたから、今、こうやって美味しいのを食べられてるんですけどー？」

少しむくれて悠利が言えば、四人はそっと自分の手元に視線を落とした。そこには、真っ白な食パンで作られたサンドイッチがある。

「……それを言われると、弱い」

「……反論出来ない」

「……美味《うま》いもんな、これ」

「美味」

ヤックがしょんぼりと肩を落とし、カミールが視線を明後日《あさって》の方向に逸らす。ウルグスは手元のサンドイッチを囓《かじ》りながら呟き、マグは相変わらずの無表情ながら静かに口にした。いずれも、悠利お手製のサンドイッチの美味しさに敗北している。

サンドイッチはサンドイッチだが、いつもとひと味違うのだ。挟んであるのは、白身魚のフライだ。シャキシャキのレタスとタルタルソースを添えて作られた、フィッシュサンドなのである。

悠利の言葉の通り、このサンドイッチのメイン具材である白身魚は、彼がロカで買ってきたものだ。厳選して買ってきた食材は、こうして美味しく調理されて皆の胃袋に入るのであった。

「身がふわふわだから、冷めても美味しいよねー」

「普通に美味いけど、何で今日のおやつこれなんだ？」

食べてるような気分。

「……ユーリらしい」

「え？　フライが残ってたから」

だって勿体《もったい》ないじゃない、とケロリと答える悠利。悠利の中では、小腹を満たすのに惣菜《そうざい》パンを食べているような感じだ。あと、ハンバーガーを食べてるような気分。

なので、おやつらしくないと言われても、当人はあんまり気にしていない。美味しいから良いんじゃないかなぁと思っている。安定の悠利だった。

のんびりとそんなことを考えながら、悠利は手の中のサンドイッチにかぶりつく。ふわふわの食パンの軟らかさと、レタスのシャキシャキとした食感。そして、フライのパン粉のカリッとした歯応え。さらに、噛《か》んだ後に口に広がる軟らかく旨みたっぷりな白身魚の味わい。タルタルソースも合わさって、絶妙なハーモニーだ。

食パンはほどほどに薄く切ってあるので、具材のボリュームが際立つ。新鮮なレタスの食感も楽しいし、タルタルソースとの相性も良い。全てが完璧《かんぺき》に調和して、実に幸せな気持ちにさせてくれるのだ。

「フィッシュサンドも美味しいー」

「肉とか玉子も美味いけど、魚も美味いんだな」

「サンドイッチって好みで挟むものを変えると、無限に広がるからね」

この前のサンドイッチバイキングのときみたいに、と悠利が続けると、少年達は納得したように頷いた。先日の、好きな具材を自分で挟んでサンドイッチを作って食べるという催しは、実に楽しくて美味しかったので。またやろうねと笑う悠利に、力一杯頷く四人だった。

「買ってきた食材、ちゃんと使ってるんだよな？」

「使ってるよ？　日々のご飯にちゃんと」

「最近、海鮮の頻度が増えてるの、それか……」

「お肉もちゃんと使ってるじゃない」

思わず悠利は笑う。ウルグスの言い分が子供みたいだと思ったからだ。

育ち盛りの男の子なので、どうしても魚より肉の方が好みらしい見習い組。それでも、普段のご飯に文句を言うことはない。美味しければ文句は出ない。その辺りは実に解りやすい。

「……出汁《だし》？」

「え？」

「出汁」

「……ウルグス、通訳をお願いします」

「だから通訳って言うな……！」

「通訳だもん」

じぃっと見つめてくるマグの訴えの意味が理解出来ず、悠利はウルグスに助けを求めた。当人が何と言おうと、彼はマグの通訳担当だ。もしくは野良猫の世話係。

ぶちぶちと文句を言いながらも、マグの言いたいことを理解しているウルグスは、説明を始めた。

……本当に、何故あの単語だけで意味が理解出来るのか、悠利達には解らない。七不思議レベルだ。

「昆布とか鰹節《かつおぶし》とかで出汁を取るなら、それらと同じ海の幸を使った出汁を堪能出来る料理はないのか、と」

「今の一言に、そんな意味があったの⁉」

「出汁」

「出汁が美味《おい》しいなら、熱い料理でも良いってよ」

「「……ウルグス」」

律儀に通訳するウルグスに、三人は遠い目をした。何で解るんだろうと本気で思う。確かに助かるのだが。

とりあえず、マグの言いたいことが解ったので、悠利《ゆうり》は少し考える。マグの好みは出汁全般だが、特に昆布出汁を気に入っている。それと海の幸を使った美味しい料理とはなんだろう、と。

考えてもすぐに出てこなかったので、悠利は素直にそれを伝えた。

「今すぐは思いつかないかな。でも、思いついたらそういうのも作るね」

「感謝」

「マグは本当に出汁が好きだねぇ」

「ちょっとヤバイくらいにな」

「……否」

「いってぇな！　踏むな！」

「あー、もう！　手や足が出る喧嘩《けんか》をしないの！」

しみじみと呟《つぶや》いた悠利に被さったウルグスの感想に、マグは不機嫌そうにウルグスの足を踏みつけた。途端に始まる喧嘩に、悠利は思わず叫ぶ。口論ぐらいならともかく、手や足が出る喧嘩は見逃せない。

そんな風にぎゃーぎゃーと騒がしい年長組を横目に、カミールは黙々とサンドイッチを食べていた。関わらないのが平和だと思っているのかも知れない。その隣のヤックも同じく。危機管理がばっちりな年少組だった。

美味しい軽食と、楽しい仲間と、賑《にぎ》やかなやりとりが繰り返されるのが、悠利の日常なのです。

第一章　海産物はお家《うち》でも美味しいです

「おー、面白いぐらいに砂が残ってるな」

「上手に砂吐き出来た証拠だねー」

「こいつらに、こんだけ砂が入ってたんだな」

「だねー」

　のんびりとした会話をする悠利とウルグス。彼らの視線の先には、ザルに引き上げた貝と、その貝が入っていたボウルがある。そのボウルの底、水の奥に残っていた砂を二人で眺めていたのだ。

　この貝は悠利が先日、港町ロカの町で買い求めた二枚貝だ。ハマグリぐらいの大きさの二枚貝で、白地に淡い青の模様が入っている。学名は別にあるらしいが、現地の人々の間ではアオガイと呼ばれて親しまれている貝だ。

　なお、悠利にとって重要なのは、貝の名前ではない。味である。酒蒸しに適した貝として買い求めたので、その美味しさに偽りなければ名前などどうでも良かった。

　販売していた女性に言われた通りに砂抜きを完了したアオガイに、悠利は満足そうに笑う。これだけきっちり砂を吐き出したということは、もう貝の中に砂はないだろう。砂が残っていると、食べたときにジャリッとして悲しくなるので。

「で、この貝を何にするんだ？」

「酒蒸しー」

「酒蒸し？」

「お酒と塩で貝を蒸すんだよ。スープに貝の味が染み出《で》て美味しいんだよねー」

にこにこ笑う悠利に、なるほどとウルグスは頷《うなず》いた。貝の酒蒸しを食べたことはないが、肉の酒蒸しを食べたことはあるので、何となく味のイメージが出来たらしい。基本的には肉食で大食いに分類されるウルグスだが、別に魚介類も嫌いではない。

幸いと言うべきか、《真紅の山猫《スカーレット・リンクス》》の面々は貝を食べるのを嫌がったりはしない。タコやイカ、クラゲなどのぐにゃぐにゃした奴らに対しては微妙に警戒するが、貝や甲殻類は大丈夫らしい。

悠利には全部美味しい食材なので、何で皆が嫌がるのかがさっぱり解らないのだが。まぁ、そこは食文化の違いなので致し方ない。美味しいと思う面々で食べれば良いだけなのだし。

そこでふと、ウルグスが口を開いた。酒蒸しというメニューに思うところがあったのだ。

「もしかして、リヒトさんがいないからか？」

「別に、酒蒸しぐらいなら大丈夫かなと思うんだけどね。リヒトさんに気を遣わせるのもアレだし」

「リヒトさん真面目だから、気にするもんなぁ」

「そうなんだよねぇ……」

面倒見が良くてお人好しな訓練生のお兄さんを思い浮かべて、悠利とウルグスはため息を吐いた。

《真紅の山猫》に所属する面々は割と我が強い者が多いのだが、リヒトはその中では珍しくひたすらに善良でお人好しで苦労性だった。優しいお兄さんなので、悠利達は大好きなのだが。

大柄な体軀《たいく》に似合わず下戸という性質のリヒトは、酒が苦手だ。料理に少しばかり使われている程度なら平気だと言うが、それでもあまり得意ではないらしい。少なくとも、隠し味レベルを超えると困った顔をすることがある。

別にそれはリヒトが悪いわけではないので、悠利は特に気にせず料理をしている。相手の体質に合わせて配慮をするのは普通だと思っているからだ。しかし、リヒトはそんな風に悠利や見習い組達に世話をかけるのを、申し訳なく思ってしまうのだ。真面目さんだった。

なので、そのリヒトがいない今日、悠利はアオガイの酒蒸しを作ることに決めたのだ。火を入れるので酒精は飛ぶと思うのだが、何も考えずに美味しく食べられる面々で楽しむ方が良いと思ったので。

「酒蒸しって、難しいのか？」

「ううん。全然。調味料も酒と塩だけだしねー」

そう言って笑いながら、悠利は砂を吐き終えたアオガイをごろごろとフライパンに並べていく。ハマグリみたいな大きさの二枚貝なので、大量に並べると圧巻である。

そうして貝を並べると、悠利はどぱぱっと料理酒をフライパンの中に注ぐ。なお、思いっきり目分量だった。フライパンの底が見えなくなるぐらいに注ぐと、塩をぱらぱらと入れる。

「ちなみにそれ、量の目安ってあるのか？」

「……んー、酒はフライパンの底が見えないぐらいには、入れた方が良いと思う。塩はお好みかなあ?」

「お好みなのかよ」

「後でバター入れるし」

「なるほど?」

悠利の説明に、ウルグスは首を傾《かし》げつつも頷いた。説明になっているような、なっていないような、そんな感じだったので。

そんな暢気《のんき》な会話をしつつも、二人は調理に取りかかる。二枚貝の酒蒸しを作るときは、底の平らなフライパンを使うと上手に並べることが出来て楽ちんだ。そして、使う蓋《ふた》は中身が見えるタイプのものを選ぶと、更に楽ちんである。

「それじゃ、火を付けるね」

「おう。見てるだけで良いのか?」

「こうしてフライパンに蓋をして蒸し焼きみたいにして火を入れるんだー。それで、火が通って貝が口を開けたらお皿に取り出すんだよ」

「開いた奴から取り出すってことか?」

「うん。貝が口を開けたら火が通った証拠だからね」

にこにこ笑顔の悠利の説明に、ウルグスはふむふむと頷くと、大真面目な顔でフライパンを見つめた。どうやら、いつ貝が開くか解らないからと真剣に見張っているらしい。

そんなウルグスを見て、悠利は思わず小さく笑った。

「ユーリ？」

「あ、ごめん。そんなに真剣に見てなくても大丈夫だよ。ちょっとぐらい気付かなくても平気」

「そうか？　でもやっぱり、ちゃんとしたいだろ」

「それはそうだけどね。少なくとも、フライパンの中身が温まるまでは大丈夫だよ」

悠利の説明に納得したらしいウルグスは、フライパンからそっと離れた。他の料理の準備も進めなければいけないからだ。その辺りの段取りは慣れてきたウルグスである。

他の作業をしている間に、フライパンからカチャカチャと言う音が聞こえてくる。ひょいと二人でフライパンを覗《のぞ》き込むと、幾つかの貝が口を開けていた。

「よーし、開いてるやつをお皿に取り出すよー」

「おー」

蓋を外して開いたアオガイを二人でせっせと皿へと移動させる。一つを移動させている間に次の貝がぱかっと口を開けているので、エンドレスだった。

そんなこんなで口を開けた全てのアオガイを取り出した二人だが、フライパンの中にはまだ二つほどアオガイが残っている。どれだけ火を入れても口を開かないのだ。

「なぁ、ユーリ、これ、何で開かないんだ？」

「んー、開かない貝もあるんだよねー。そういうのは諦《あきら》めて捨てちゃうんだ」

「捨てるのか？」

「うん。口を開かない貝は死んでる貝だから食べるのはよしなさいって、お母さんに言われてるんだよね」

「そうか」

真偽のほどは定かではないが、火を入れても開かない貝を食べるのは面倒でもあった。何しろ、開いていないのだから身を取り出すためには割らなければならない。そういう意味でも、悠利は口を開かなかったアオガイは生ゴミとしてそっと除けた。

……なお、この口を開かなかった恐らく死んでいたであろうアオガイは、ルークスに処理されることが確定している。生ゴミ処理は己の仕事だと思っている出来るスライムは、こういうときにもお役立ちだった。

「これで完成か？」

「ううん。全部の貝が開いたら、もう一度フライパンに戻してバターを絡めて完成」

「ほうほう」

「バターを入れないであっさり作っても良いんだけどね。今日はバターを入れたかったから」

「なるほど」

悠利が付け加えた一言に、ウルグスは大真面目に頷いた。大体悠利はいつもこんな感じなので、ウルグスも慣れていると言えた。お前いつもそうだもんなと言いたげな顔である。割とそのときに食べたいものを作る悠利なので。

そんなわけで、悠利はガラガラと皿に入っている口を開けたアオガイを全てフライパンに戻す。弱火で火を付け、そこへバターを投入したら全体を混ぜ合わせる。

溶けたバターは、フライパンの中に残っている酒と混ざり合って良い匂いをさせている。入れたのは酒と塩だけなのだが、蓋をして火を入れていたので水分が溜《た》まって美味《おい》しそうなスープになっているのだ。

バターが全て溶け、全体に絡んだのを確認したら火を止める。

「はい、これで完成」

「良い匂いだな」

「味見する？」

「する」

即答するウルグスだった。味見は料理当番の特権である。むしろしないという選択肢が存在しないと言っても過言ではない。

バターの絡んだアオガイを二つ小皿に取り出すと、悠利《ゆうり》は貝の身を外す。殻を手で支えて箸《はし》で引っ張れば、肉厚の身はぽろりと外れた。貝柱が上手に外れずに残った片方は、箸でそぎ落とすようにして削ると取れた。

「それじゃ、いただきまーす」

「いただきます」

ぱっくんと二人同時にアオガイを口に含む。大ぶりサイズなので、口の中に入れた身は嚙《か》み応えも十分だった。最初に感じるのはバターの風味だ。それを包み込む酒の香りと、ほんのりと舌に残る塩味。けれど何より口に残るのは、身を嚙んだ瞬間に広がる貝の旨味だった。弾力のあるアオガイには、旨味がぎっしりと詰まっていた。肉汁のように広がる液体が口の中で踊る。そのアオガイ本来の旨味に、バターと酒、塩のシンプルな味が加わって絶妙なハーモニーを奏でている。

決して濃い味付けではない。ご飯が進む味付けでもないだろう。それでも、口に広がる旨味は、悠利とウルグスを満足させた。

「美味しいね」

「噛み応えがあって良い感じ」

「これはアオガイが美味しいからだと思うんだよねー。やっぱり港町の魚介類は美味しい」

「色々美味《うま》かったもんなぁ」

「ねー」

味見をしたアオガイの美味しさを噛みしめつつ、港町ロカで食べた数々の海鮮料理を思い出す悠利とウルグス。アレはとても美味しかったと二人揃《そろ》って幸せな記憶を反芻《はんすう》するのだった。

そして、昼食の時間である。

本日のメニューはアオガイの酒蒸しをメインディッシュに、ベーコンの入った野菜炒《いた》め、キュウリ、人参、大根などの野菜スティックに、キノコをふんだんに使った野菜スープとなっている。ご飯かパンかはお好みで。

「それじゃあ、いただきます」

「「いただきます」」

悠利の音頭に合わせて全員で唱和して、食事が始まる。皆の注目はメインディッシュのアオガイの酒蒸し（バター風味）に向かっており、各テーブルの中央に置かれた大皿から小皿に取って食べている。

殻から外したアオガイの身をすぐに食べる者もいれば、幾つか外してためてから一気に食べる者もいる。その辺も色々だった。

悠利と同じテーブルについているのはロイリス、ミルレイン、そしてアロールの三人だ。この中で一番よく食べるのはミルレインなので、自然と大皿は彼女に近い場所に置かれている。

「これもユーリが買ってきたやつ？」

「そう。港町ロカの辺りでよく採れるんだって。見た目が青いからアオガイって呼ばれてるらしいよ」

「呼ばれてるらしいってことは、正式名称は違うってこと？」

「うん。でも、お店の人はアオガイとしか呼んでなかったよ」

「ふうん。まぁ、割とよくあることだよね」

相変わらずの淡々とした風情だが、黙々とアオガイの身を外しているのでどうやらアロールのお口に合ったらしいと判断する悠利。色々とお年頃な十歳児の僕っ娘は、素直に好きを表現しないのだ。それが解っているので気にしない悠利だった。

なお、ミルレインは外しては食べ、外しては食べで、顔をキラキラと輝かせている。どうやらお口に合ったらしい。美味いな、と笑う顔は本当に幸せそうだ。

ロイリスも同じくで、自分の胃袋と相談しつつアオガイを堪能している。いささか小柄なロイリスは口も小さく、大ぶりなアオガイの身を口に入れる際にはやや大きく口を開けているのが愛らしい。ハーフリング族なので、年齢より幼く見える外見の影響もあるだろう。

とにかく、悠利は仲間達が美味しそうにアオガイの酒蒸しを堪能してくれているのが嬉《うれ》しかった。別のテーブルでもわいわい言いながら皆が美味しそうに食べてくれているので、幸せ倍増だ。やはり料理は、誰かに美味しく食べてもらってこそなので。

「やっぱり、港町の貝は美味しいな、ユーリ！」

「そうですね。王都でも魚介類は買えますけど、やっぱり港町のものは格別だと僕も思います」

「うん。鮮度が良いとか質が良いとかもあるんだけど、やっぱり一番重要なのは」

「「重要なのは？」」

大真面目な顔をした悠利に、ミルレインとロイリスは息を呑んだ。そんな三人を見ながら、アロールは微妙な顔をしていた。彼女には悠利が何を言い出すかの想像がついていたのだ。

そして、その期待を一切裏切らないのが悠利だった。

「値段が安い！」

ぐっと拳《こぶし》を握り締め、《真紅の山猫《スカーレット・リンクス》》の家事を一手に担う主夫は力強く宣言した。何かを嚙みしめるような顔だった。

なお、そんな悠利の返答に、ミルレインもロイリスもぽかんとしている。アロールだけがただ一人、だよなーと言いたげな顔で食事を続けていた。察しの良い僕っ娘である。

「ゆ、ユーリ？」

「同じものを王都で買おうとすると値段が全然違うんだよね！　しかも、市場特有の空気感なのか、お店の人が目一杯オマケしてくれるし……！　安くて美味しくて、更にオマケまでもらえるなんて、もう最高だよ！」

「ユーリ、落ち着けー」

「だって、本当にお得なんだよ⁉」

「アンタ本当にただの主夫だよな⁉」

「食費もバカにならないんだよ、うち！」

ミルレインの渾身《こんしん》のツッコミも、悠利には届かなかった。食べ盛りの年代が多い上に、大人組も身体《からだ》が資本の冒険者。《真紅の山猫》のエンゲル係数は割とえげつないのだ。

もっとも、皆が飢えないように食費はきっちりと用意されている。たまーにバカをやった面々が食事抜きというお仕置きを受けることがあるものの、基本的には食事は十分に取らせるというのがアリーの方針だ。食事は全てに通じるので。

そんな風にミルレインと悠利が言い合っているうちに、アロールが最後のアオガイを食べ終えた。殻のなくなった大皿にはアオガイの旨味とバターや酒の風味がたっぷりのスープが残っている。

しばらく考えたアロールは、未《いま》だに言い合いを続けている悠利の頭を、隣に座っている利点を活かしてぺしりと叩《たた》いた。勿論《もちろん》、痛くない程度の力で。

「え？　何、アロール」

「問答してるのも良いけど、このスープどうしたら良い？　他のテーブルでも残ってるみたいだけど」

「あー。そのまま飲んでもいいけど」

「けど？」

　そこまで言って、悠利はしばらく考え込む。そして、口を開いた。

「まだお腹《なか》に余裕がある人ー」

　悠利の能天気な問いかけに、全員がしゅばっと手を挙げた。満場一致だった。

　なお、皆が一斉に手を挙げたのには理由がある。悠利がこういうことを聞くときは、もう一品美味しい料理が増えるからだ。その機会をみすみす逃すような愚か者はいなかった。

　……《真紅の山猫》の面々は、順調に悠利に胃袋を掴《つか》まれているのです。

　そんな皆の反応を見て、悠利はにっこりと笑った。

「それじゃ、アオガイのスープを一度回収しますー。ちょっと待っててくださいねー」

　いつも通りののんびりとした口調で告げると、悠利は大皿を回収して台所へと向かう。手伝うことがあるのかと腰を上げたウルグスには、大丈夫と食事を続けるように告げた。実際、ウルグスに手伝ってもらうほどではないのだ。

　各テーブルから回収したアオガイの酒蒸しが入っていた皿。悠利は大きなボウルとザルを取り出して重ねると、皿の中に残っていたスープをザルに全部注いだ。スープに混ざっていた殻の破片が全て取り除かれて、ボウルには液体だけが残る。

ザルで濾《こ》して殻を取り除いたスープを、悠利はフライパンに入れて弱火で温める。やや固まっていたバターが再び溶けて、良い匂いが漂う。そしてそこに、愛用の学生鞄《かばん》から取りだしたパスタを投入した。

……そう、茹《ゆ》で上《あ》がった直後の、熱々ほかほかのパスタを。

「待って」

「ん？　どうかした、アロール？」

何をやるのだろうと興味本位で見学していたアロールから、ツッコミが入る。しかし、悠利は細かいことを気にしておらず、くつくつと火の入ったアオガイの酒蒸しのスープにパスタを絡めている。

しかし、アロールのツッコミも尤《もっと》もだった。何故《なぜ》、いきなり学生鞄からパスタが出てくるのか。意味が解らなくても無理はない。

「君の鞄、どうなってんの？　っていうか、何を入れてるんだよ！」

「突然お腹が空いたって言われたときのために、パスタとうどんは茹でたてを幾つかストックしてます」

「バカなの⁉」

そんな、冷蔵庫に腹を減らした息子用におにぎりを常備しています、みたいなノリで言われても困るアロールだった。ちなみに、おにぎりも学生鞄に常備されているし、おやつも飲み物も常備されている。

容量無制限かつ時間停止機能の付いた魔法鞄《マジックバッグ》の使い方を、色んな意味で間違えている悠利だった。

いや、ある意味ではとても上手に使いこなしているのだが。

そんなやりとりをしている間に、酒蒸しのスープで味付けをしたシンプルなパスタが完成した。なお、具材はないし、分量もそれほど多くはない。全員に一口分ずつ行き渡る程度だろう。

「パスタ食べる余力がある人は、お皿を持って並んでくださーい」

台所スペースから食堂スペースに移動した悠利がカウンター付近で呼びかけると、仲間達は行儀良く皿を手に並んだ。実によく教育されている。

その皿にアオガイの酒蒸し味のパスタを盛りつける悠利。分量が少ないことについては、誰からも文句が出なかった。何しろこれは、悠利の気まぐれで増えた追加メニューなのだから。

全員に配り終えた悠利は、フライパンを食事を終えていたルークスに預けてテーブルに戻る。ルークスは心得たもので、フライパンにたっぷりと付いた汚れを丁寧に落としている。お役立ちである。

「パスタのお味はどうー？」

「「美味しい」」

席に着きながら悠利が口にした問いかけに、味わうようにパスタを食べていたロイリス、ミルレイン、アロールが異口同音に返答した。ちゅるんと口の中にパスタを吸い込む動きが揃っていて、妙に可愛《かわい》らしかった。

三人の答えに満足そうに笑うと、悠利もパスタに手を伸ばす。アオガイの旨味がたっぷりと出た酒蒸しのスープと絡んだパスタだ。他に具材は何もないが、だからこそ貝の旨味が強調される。口に含んだ瞬間に広がる旨味に、思わず笑みがこぼれた。

パスタとバターの相性は悪くないし、貝との相性も悪くない。シンプルに仕上げたアオガイの酒蒸しの旨味をぎゅぎゅっと凝縮したようなパスタだ。これで美味《おい》しくないわけがなかった。

「んー。美味しぃー」

なので、悠利《ゆうり》の顔もへにゃりと綻《ほころ》んだ。美味しいものを食べると、どうしても顔が緩んでしまうのだ。

そんな悠利に、ぺろりとパスタを平らげたアロールが口を開いた。

「これ、美味しいんだから最初からパスタにしておけば良かったんじゃないの？　貝を具材にして」

「それも考えたんだけどねー」

アロールの提案に、悠利は遠い目をした。何でそんな顔をするんだと言いたげなアロールに、悠利はあははと笑った。

「パスタにしようと思ったら、アオガイがちょっと足りないかなーと思って」

「「……あ」」

なるほど、と三人は納得した。

おかずの一つとして酒蒸しを楽しむならば、足りる分量。しかし、パスタの具材として考えると、人数の関係でアオガイが足りなかったということなのだろう。貝のパスタと言いつつ貝が少ないと、ちょっとばかり寂しいので。

それなら仕方ないなと言いたげに頷《うなず》いて、三人は美味しいパスタを食べられた幸福に感謝するのだった。

なお、酒蒸しからパスタになると知ったレレイが、「お肉で！　お肉の酒蒸しでパスタを！」と悠利に詰め寄る一幕があったのだが、まぁ、いつものことです。

◇◇◇

ある日の昼下がり、可愛い従魔のルークスと共に台所の水回りの掃除をしていた悠利は、時計を見てうーんと伸びをした。何だかんだで一時間近く作業をしていたことに気付いたからだ。

家事が大好きな悠利は、気付くと没頭してしまうことがよくある。今回もそうだったらしく、一度休憩を挟もうと思うのだった。

「ルーちゃん、ちょっと休憩しようか」

「キュイ？」

「おやつにはまだ少し早いけど、根を詰めるのは良くないからね」

「キュ」

スライムのルークスには人間と同じような疲労はないのかもしれないが、悠利のお誘いを拒絶することはなかった。悠利は冷蔵庫から冷えた紅茶を取りだして、ルークスと共に台所スペースに向かう。

自分の飲む分をカップに注いだ悠利は、少し考えてからルークスの分もカップへと注いだ。本当は深皿に入れようかと思ったのだが、ルークスがキラキラした瞳《ひとみ》でカップを見ていたので。

「はい、ルーちゃんどうぞ」

「キュピ」

むにょーんと身体を伸ばす感じで、椅子の上に伸び上がってテーブルに乗り出しているルークスは、紅茶入りのカップを嬉《うれ》しそうに受け取った。どうやって飲むんだろうと悠利が不思議に思っていると、ルークスはにょろんと身体の一部を二つ伸ばした。

「ルーちゃん？」

「キュイ」

まるで手のように伸ばした身体の一部でカップを掴み、目の下、他の生物であれば口があると思われるような位置へとカップを運ぶ。カップを傾けて紅茶の中身を流し込むような動作を取っている。……実際は、触れた箇所から吸収しているのだが。

くぴくぴと紅茶を飲むような行動をしているルークスの姿に、悠利はぱあっと顔を輝かせた。今までこんなことをしなかったルークスなので、悠利の感動はひとしおだった。

「ルーちゃん凄《すご》い！　新しい飲み方覚えたんだね！」

「キュー」

悠利に褒められて嬉しいのか、ルークスがぷるぷると身体を揺すった。どうやら、悠利と同じようにカップから飲み物を飲むというのがやってみたかったらしい。ご主人様が大好きなルークスは、

出来る範囲で何でも真似をしたがるのだ。そして悠利は、そんなルークスにメロメロだった。

偉い偉いとルークスを褒める悠利。嬉しそうなルークス。実に平和で微笑《ほほえ》ましい主従の憩いの時間に、第三者が入ってきたのはそのときだった。

「あら～？　珍しいわねぇ、二人だけなの？」

甘ったるい声が響いた。語尾や声音に含まれる甘さがあるとでも言えば良いだろうか。妙齢の女性の声で、更に言うならば色香を纏《まと》った声だった。

慌てて悠利が視線を向ければ、そこにはヒラヒラと手を振る綺麗《きれい》な女性が立っていた。毛先の少し長めの短髪は濃い灰色で、つり目がちな瞳は薄い紫をしている。顔の造作や身体付きを含めて、全てが妖艶《ようえん》という単語で表現出来そうな美女だった。

「マリアさん？　お帰りなさい……！　予定より早かったですね」

「ええ、そうなのよ～。ギルドでの手続きが早く終わったの。うふふ、た・だ・い・ま」

「出張お疲れ様でした」

チュッと投げキッスを寄越す相手に動じず、悠利は彼女の帰還を喜んだ。そう、目の前の笑顔の素敵な妖艶美女は、紛れもなく《真紅の山猫《スカーレット・リンクス》》の一員なのである。

彼女の名前はマリア。セクシー美女と言うべき妖艶な外見とそれに似合った所作を心得ている女性だが、別に誰彼構わず手を出すような人物ではない。少なくとも、悠利にとって彼女は気さくに声をかけてくれる年上のお姉さんでしかない。

年頃の少年だと少しばかり目のやり場に困るような服装をしていたりするが、悠利は普通の顔をしていた。伊達《だて》に女性に囲まれて育っていないということだろうか。自分に似合う服装をしている相手に何かを言うような性質は持っていないのだ。

……まぁ、一般的な思春期の少年らしい回路がポンコツである、というのも理由かもしれないが。悠利にそれらを期待するだけ無駄なので諦《あきら》めてほしい。

「出張、大変でした？　結構長かったですよね？」

「ええ。ざっと二週間ぐらいだったかしら……？」

「お疲れ様です」

「それほど疲れてはいないのよ～。お仕事はちゃんとしてきたんだけど、熱くなれる相手がいなくって……。切なくなっちゃう」

「あははは……」

はぁとため息を吐く仕草すら色っぽい。困ったように伏し目がちに告げるマリアに、悠利は呆《あき》れたように笑うだけだ。彼女の言う『熱くなれる相手』がどんな相手を言っているのか解るだけに、笑うしかないのである。

やぶ蛇になるのは嫌だったので、悠利はそこで話を切り替えた。にっこり笑顔で口を開く。

「マリアさんが帰ってくるって聞いていたので、トマトジュースを買っておいたんです。飲みます？」

「本当？　嬉しい！　いただくわ」

「今日は奮発して、ちょっと良いトマトジュースにしましたからね」

「やだもう、ユーリ大好きよ～」

「僕もマリアさん好きですよー」

嬉しさのあまり抱きついてこようとしたマリアをさらっとかわして、悠利は冷蔵庫に向かう。セクシー美女なお姉様からの抱擁を、全力回避する男子高校生。悠利はマリアの豊満な肉体によるハグに微塵《みじん》も興味はなかった。

悠利に逃げられたマリアは、あらと笑って肩をすくめてルークスと目を合わせるだけだ。気分を害した様子は見受けられない。その程度には、このやりとりも彼らにとってはいつものことだった。

悠利がトマトジュースのボトルを持って食堂スペースに戻ってきたのと同時に、複数人が食堂へと入ってきた。先頭がブルックで、後ろには見習い組がぞろぞろと並んでいる。どうやら、鍛錬が一区切りしたらしい。

「あ、ブルックさん、お帰りなさい。飲み物ですか？」

「あぁ、大丈夫だ。自分達で用意させる」

「皆、お疲れー」

「「おー……」」

悠利の呼びかけに、見習い組は力なく返事をした。それなりにみっちりとしごかれたらしい。いずれも体力が限界なのか、へろへろしている。それでも、水分補給の準備にと台所へ向かう足取りはしっかりしていた。その辺の配分を見誤らないのが、ブルックのブルックたる所以《ゆえん》なのかもしれない。流石《さすが》である。

よろよろと自分達で水分補給を行っている見習い組を見て、ブルックは口元に笑みを浮かべている。そんなブルックに、マリアがそっと近付いた。

「ブルックさん」

「……マリアか。予定より早いな」

「ええ、早く終わったんです。……会いたかった」

口元で指を合わせるようにして、マリアはうっとりとした表情でブルックを見上げている。マリアも女性にしてはそこそこ長身なのだが、ブルックと並ぶと小さく見える。蕩《とろ》けそうな微笑みを浮かべる妖艶美女の上目遣いを、ブルックはいつも通りの淡々とした表情で見下ろしていた。

動かないしそれ以上何も言わないブルックの腕を、マリアはぎゅっと抱き込んだ。豊満な胸にむぎゅっと押し付けられる形になった己の腕を、ブルックはやはり無表情で見下ろしている。ほんの少しだけ眉間《みけん》に皺《しわ》が寄ったように見える悠利だった。

「会いたくて会いたくて、もうどうにかなってしまいそうで」

「俺は別にそこまで焦がれてはいないが」

「まぁ、ひどい。私をこんなにも熱くしてくれるのは貴方《あなた》だけなのに」

詰《なじ》るように告げるマリアの瞳が、強い光を放つ。妖艶な微笑みを浮かべる麗しの美女を相手に、ブルックはやはり面倒くさそうな態度を崩さない。マリアの声は熱を帯び、ブルックを見つめる瞳は真剣だ。

不意に、ぶわりとマリアの纏う空気が変わる。艶《あで》やかな見た目の印象にそぐわない、刺すような射るような、その場を無遠慮に支配していくような熱気。非戦闘員の悠利だけは解っていないのでへろろんとしているが、ブルックも、ルークスも、見習い組も、発生源のマリアへと視線を向けた。

「私のこの熱、どうか受け止めて、」

ください、までマリアは言うことが出来なかった。

何故《なぜ》なら、マリアの口にブルックがトマトジュースのボトルを突っ込んだからだ。乱暴な行動だが、マリアは平然とその状態でトマトジュースを飲んでいる。

中身が半分ほど減った辺りで、マリアはボトルを自分の手で持った。ブルックの腕を解放する形になる。マリアがボトルをしっかりと握ったのを確認してから、ブルックは手を離した。

「……わー、ブルックさん、早業ー」

目の前の光景に、悠利は感心したようにぱちぱちと拍手をする。何故かというと、ブルックがマリアの口に突っ込んだトマトジュースのボトルは、悠利の手の中にあったものなのだ。いったい、いつの間に持って行ったんだろうと思う悠利だった。

見習い組ではその動きを追うことは出来なかったらしく、少年四人は声を上げて驚いている。しかし、驚いた次の瞬間、相手がブルックだということを思い出して揃《そろ》って頷いていた。ブルックの身体能力が色々と規格外であることを彼らは知っているのだ。

ごっきゅごっきゅとトマトジュースをボトル一本飲み干したマリアは、恨みがましげな表情でブルックを見上げながら口を開く。赤いトマトジュースが唇の端にちょっぴり残っているのだが、それがまた彼女の艶やかな美貌《びぼう》を際立たせているのだった。危ない魅力とでも言うべきだろうか。

「ひどいです。何もいきなりボトルを突っ込まなくても良いじゃないですか～」

「喧《やかま》しい。帰還早々に戦闘本能を剝《む》き出《だ》しにするな。そもそも、たっぷり暴れてきたんじゃないのか」

「だって、数だけは多くても、一撃入れたら終わるような相手ばかりだったんですよ！　中途半端で何一つ熱を発散出来ませんでしたわ！」

ふてくされるように叫ぶマリアを、ブルックはやはり面倒くさそうに見下ろしていた。そのまま、延々と自分がいかに辛かったかを訴えるマリア。その訴えを聞き流しながら、悠利《ゆうり》とその傍らに集まってきた見習い組は「この人、相変わらずだなぁ……」と思うのだった。

見た目だけならば文句なしの妖艶美女であるマリアは、戦うことが大好きなとても血の気の多いお姉さんだった。職業《ジョブ》が狂戦士である段階で色々と察してほしい。ほっそりとした色白の外見を裏切る破壊力を秘めた彼女を、悠利達は愛を込めて「外見詐欺」と認識している。

「マリアさん、相変わらずだな……」

「相変わらずだねぇ。ウルグス、鍛錬してもらったら？」

「断る。マリアさんは容赦がなさすぎる。それならまだ、レレイさんの方が話が通じる」

「頭に血が上っちゃうとこっちの話を聞いてくれないのが、マリアさんの困ったところだよねぇ……」

「「それな」」

マリアに戦闘力で勝てるわけがない悠利と見習い組は、しみじみと頷いた。マリアに悪気はないのだろうが、彼女は脳筋ではなく血の気が多いタイプだった。バカでもアホでもないのだ。ただただひたすらに、戦闘に特化した、そのこと以外を考えられないタイプのがっかり残念美女だった。

どれくらいかと言うと、頭に血が上ってヒャッハーしている間は、他人の話が聞こえなくなる。目の前の戦闘相手をボコボコにすることしか考えられないのだ。大変物騒なお姉さんだった。

しかし、一応理由はあるのだ。マリアがこんな性質を宿しているのは何も、彼女の人格に問題があるわけではない。いわゆる、種族的なものが影響している。

「ダンピールの戦闘本能は理解しているが、お前はもう少し自力でどうにか調整しろ」

「してるじゃないですか～。ちゃんと相手を選んでお願いしてますし」

「身内相手に、本気の殺気込みで手合わせを願い出るなと言っている」

「だって、私が本気を出したところで怪我《けが》一つしないのは貴方だけなんです。この高鳴る気持ちを抑えることは出来ません」

「抑えろ」

「んぐ⁉」

切々と訴えてくるマリアに面倒くさくなったのか、ブルックは再びマリアの口にトマトジュースのボトルを突っ込んだ。「あ、二本目だ」と悠利が呟《つぶや》く。いったいどこから持ってきたのかと視線を巡らせれば、どうやらマリアに進呈しようとボトルを運んでいたらしいルークスが、困ったような瞳《ひとみ》で空っぽになった手のようにしていた自分の身体《からだ》の一部を見つめていた。

「る、ルーちゃん、大丈夫！　ちゃんとマリアさんの口に入ってるから」

「キュウ……」

「マリアさんに届けてあげようと思ったんだよね？　ルーちゃん優しい。流石だよ！」

「キュピ！」

悠利に褒められて機嫌が直ったらしいルークスが、照れ照れと嬉《うれ》しそうに身体を揺すった。実に微笑ましい光景だ。

そんな彼らと裏腹に、ブルックとマリアの問答は続いていた。……なお、二本目のトマトジュースのボトルは、半分ほどで飲むのを中断しているマリアだ。

「何でもかんでもトマトジュースで解決しようとしないでください。良いじゃないですか〜、手合わせの一つや二つ〜」

「俺はお前と違って暇じゃないんだ。大人しくトマトを摂取して血の気を抜け」

「ひどい……」

相手にしてくれないブルックに、マリアは拗《す》ねたように呟く。ちびちびとボトルからトマトジュースを飲んでいるマリアからは、先ほど一瞬だけ現れた奇妙な気配はもうない。トマトジュースを摂取したことで、精神状態が落ち着いたのだろう。

「トマトジュースで落ち着く辺り、マリアさんって変わってるよね」

「マリアさんの一族は、ヴァンパイアもダンピールもトマト系で吸血衝動とか戦闘本能とかが治まるって言ってたけど、実際に見ても謎だよな」

「ユーリ、トマトジュースの備蓄は？」

「安心して。冷蔵庫を圧迫するのは良くないから、僕の鞄《かばん》の中にいっぱい入ってる」

「「流石」」

対マリア用の鎮静剤みたいな扱いで必要になるので、トマトジュースは必須《ひっす》アイテムなのだ。

勿論《もちろん》、普段のマリアは仲間達相手に殺気を振りまいたり、誰彼構わず戦闘を挑んだりはしない。それでも、むしゃくしゃしてくると色々と物騒なので、対応策は講じられているのだ。

マリアは、ダンピールという種族だ。ダンピールとは、ヴァンパイアの血を引きながらヴァンパイア以外の者として生まれたが、ヴァンパイアの性質を引き継いでいる存在のことをいう。ヴァンパイアとは異なり、見た目は人間と殆《ほとん》ど変わらない。

だが、見た目は人間だろうが、中身はヴァンパイアの性質を引き継いだ存在なので、色々と人間とは異なっている。受け継ぐ性質は個人差があるようだが、マリアはヴァンパイアの持つ怪力と狩猟本能、それに付随する戦闘本能を生まれ持っていた。

ちなみに、悠利がマリアのハグをさらっとかわしたのは、彼女の怪力にある。レレイのように制御が出来ないわけではないが、感極まるとちょっと力加減を間違えるお姉さんなのだ。豊満な胸に抱きしめられて圧死はしたくない悠利だった。

そんなわけで、マリアの血の気の多さは、種族特性とも言える。

戦うことを欲しすぎる上に、頭に血が上って戦闘に没頭すると他人の声が聞こえなくなる性質もあいまって、彼女はソロ冒険者として活動していた。そして、ソロで長く続けるために戦闘以外の分野を学ぶという理由で、《真紅の山猫《スカーレット・リンクス》》に身を寄せているのだ。

そんなマリアなので、訓練生とはいえ一から全てを学んでいるクーレッシュやレレイとは立場が異なる。どちらかというとリヒトに近いだろう。冒険者として既に一人前である彼女は、依頼を受けてアジトを空けることもある。今回もそれだった。

ちなみに、マリアが引き受けたのは大量発生した魔物の駆除依頼である。

次から次へと現れる魔物を倒すだけの簡単なお仕事なのだが、いかんせん相手が弱かった。彼女にとって弱い相手との戦闘などは、かえってストレスが溜《た》まるだけ。その結果、帰還して早々に自分の全力を受け止めてくれる相手であるブルックに言い寄っているのだった。

「そんなに手合わせがしたいなら、レレイ辺りとやっておけ」

「あの子と手合わせするのはリーダーに禁止されてます～」

「……何をやった、マリア」

「え？　ちょっと楽しくて、ずっとやりあってただけですよ？」

ブルックの質問に、マリアは不思議そうにさらりと答える。にこにこと笑う美貌のダンピールの発言に、ブルックは天を仰いだ。色々と状況が見えたので。

マリアもレレイも体力はかなりある。その二人の手合わせは、止める人間がいなければ延々と続いたのだろう。

そして、多分、戦うことに夢中になった女子二人によって、周囲が損害を被っていたのだ。ブルックはそう察したし、実際そういうことなので間違っていない。

「マリアさーん、ブルックさんはウルグス達の修行があるみたいだから、邪魔しちゃダメですよー」

「ユーリまでひどいわ」

「マリアさんの味方をしてあげたいですけど、仕事の邪魔はダメだと思うんですよ」

にこにこ笑顔の悠利に、マリアは唇を尖《とが》らせて文句を口にする。けれど、悠利の言い分が正しいことも解っているのか、諦《あきら》めたように息を吐いた。

「解りました。大人しくしてます」

「最初からそうしておけ」

「ユーリ、大人しくするから、トマトジュースのお代わり頂戴《ちょうだい》ね～」

「了解です」

ブルックの小言を右から左に聞き流して、マリアは中身が半分残っているトマトジュースのボトルを抱えたまま席に着く。ぐぴぐぴとボトルから直接中身を飲みながら、お代わりを所望する姿はお色気満載のお姉さんでしかなかった。

やっぱりこの人、外見詐欺だよなぁと思いながら見習い組は、ブルックに連れられて去っていく。万年戦闘本能を持て余しているマリアが戻ってきたならば、また賑《にぎ》やかになりそうだなぁと思ってしまうのだった。

「はい、マリアさん。お代わりのトマトジュースと、グラスです」

「……グラス、使わなくちゃダメ？」

「出来ればボトルから直飲みよりグラスで飲んでほしいかなーと思います」

「はぁい」

外見詐欺が加速するから、とは言わずにとどめた悠利。そんな悠利の言葉に、マリアは素直に返事をしてトマトジュースをグラスに注ぐのだった。

血の気の多いダンピールのお姉さんには、トマトジュースが必須アイテムなのでした。

◇◇◇

雨がしとしとと降るある日の昼食。悠利は兼ねてからの目論み通り、一つの料理を準備していた。なお、別に悪巧みをしているわけではない。単純に、食べるメンバーと天候の関係で今日が最適だと思っただけなのだ。

悠利が準備をしているのは、鍋《なべ》だった。冬のお供とも言える料理を、夏真っ盛りの今食べようとしているのには、理由がある。今日の鍋はただの鍋ではない。海鮮しゃぶしゃぶを決行しようとしているのだ。

早い話が、大量の刺身を出汁《だし》でしゃぶしゃぶにして堪能するというだけだ。港町ロカで買い求めた大量の刺身を、これでもかと準備しての海鮮しゃぶしゃぶである。

ちなみに、今日の昼食にそれを食べようと思ったのは、アジトにいるのが悠利以外ではヤクモとイレイシアの二人だけだからだ。見事に刺身大好きメンバーだけなのだ。この機を逃してなるものか！　みたいな気分になっている悠利だった。

刺身を忌避しないメンバーは他にもいるが、好き好んで食べるのはこの三人だけである。やはり、馴染《なじ》みがあるかないかという違いは大きいらしい。

悠利は日本人なのでお刺身に慣れ親しんでいるし、和食に似た食文化の国出身であるヤクモも同じくだ。人魚のイレイシアにとっては、魚介類は生で食べるのが普通だったりする。火を入れた魚介類も勿論美味《おい》しくいただくが、それはそれとして刺身も食べたいと考えるメンバーなのである。

「お魚が美味しいから、スープはシンプルに出汁メインで良いかな」

待望の海鮮しゃぶしゃぶを食べられるということで、悠利はうきうきしていた。鍋の中には、昆布と鰹《かつお》で作った美味しい出汁が入っている。流石《さすが》にそれだけでは味が心許《こころもと》ないので、酒や塩、少量の醬油《しょうゆ》で調整する。

ただし、それほどしっかりと味は付けない。ほんのりと味がするかなというぐらいにしておく。そうすることで、しゃぶしゃぶした後の食材を、塩や醬油、ポン酢などお好みで食べることが出来るからだ。

メインディッシュは刺身をしゃぶしゃぶで食べることだが、せっかくの鍋なのでそこに野菜やキノコも放り込む。鍋にたくさんの具材を入れると、それらの旨みが溶け込んでスープが美味しくなるのは自明の理だ。スープが美味しくなれば、しゃぶしゃぶにする刺身も美味しくなるので良いことずくめだ。

昼食を食べるのは悠利とイレイシアとヤクモの三人なので、それほどボリュームを必要とはしない。鍋に野菜を入れておけば、おかずがそれだけですんでしまう。

また、三人だけなので、食堂のテーブルに卓上コンロを用意して、そこに鍋を置いてしまえば簡単だ。各々が自分の食べたい刺身をしゃぶしゃぶにすれば良いだけという、実に至福の時間が待っている。

「二人とも、喜んでくれるかなー」

せっせと鍋の準備をしながら、悠利《ゆうり》はヤクモとイレイシアの反応を想像する。刺身が大好きな二人なので、きっと喜んでくれるとは思うのだ。海鮮しゃぶしゃぶの話をしたときに、興味深そうにもしていたので。

野菜とキノコを鍋に入れて煮込んでいる間に、メインディッシュに当たる刺身の準備にとりかかる。港町ロカで買い付けたときに、調理しやすいように捌《さば》いてもらっているのでそこまで手間ではない。

様々な種類の魚を買い付けたので、名前を知らない魚が幾つもある。基本的には白身の魚を中心に用意し、しゃぶしゃぶにしなくとも刺身で食べれば良いと言う理由で、赤身や青魚、海老や貝なども準備する。

しゃぶしゃぶ用の魚は気持ち薄めに切り、刺身として食べるものはそれよりは分厚く切る。海老は頭を残したまま胴体の殻を剝《む》き尻尾《しっぽ》も外す。頭にはミソが詰まっているので、そのままだ。貝類は殻から外して盛りつける。あっという間に複数の皿の上に、美味しそうな魚介類が並んだ。

「よし、こんなものかな。足りなかったらまた準備すれば良いし」

三人前と言うにはいささか多く見える分量を用意して、悠利は満足そうに笑う。普段は小食のイレイシアだが、生の魚介類のときは結構食べることを知っているので、多めに準備したのだ。

また、悠利の学生鞄の中にはまだ大量の生食用の魚介類が入っているので、お代わりはいくらでも可能だった。ちなみに、この魚介類は《真紅の山猫》全体の食料としてではなく、悠利が個人的に買い求めた物だ。大多数の人は刺身を食べないので、これを全体の食料に計上するのは気が引けた悠利なのだ。

アリーにも買い出しのときに事情は説明してある。好きにしろという返答を貰《もら》ったので、悠利は嬉々《きき》として自分の金で魚介類を買い漁ったのだ。食への欲求、恐るべし。

「そろそろ鍋を移動させても良いかなっと」

時計で時間を確認し、悠利は具材が美味しく煮えている鍋を持つ。大ぶりの鍋だが持てないわけではない。運ぶことを考えて、出汁もそこまでたくさん入れていない。途中で減ってきたらまた足せば良いだけなので。

えっちらおっちら鍋を食堂スペースのテーブルへと運ぶ悠利。そこには、既に卓上コンロや食器、調味料が準備されていた。今日は一人で準備をするので、出来ることは先にやっておいたのだ。

卓上コンロの上に鍋を置くと、火を点ける。あまり沸騰しすぎて煮詰まっては困るので、今は弱火だ。食べるときにまた強くして、沸騰させれば良いので。

鍋の状態を確認した悠利は、台所へ戻って準備した魚介類を運ぶ。追加用の出汁を入れたピッチャーも忘れない。お玉と菜箸《さいばし》の準備も終えて、これで準備完了だ。

そろそろ二人を呼びに行こうかと思った悠利の耳に、足音が二つ届いた。視線を向ければ、ヤクモとイレイシアが食堂スペースへと入ってくる。

「ヤクモさん、イレイス、時間ぴったりですね」

「急《せ》かしてはおらぬか？」

「大丈夫ですよ。丁度今、準備が終わったところなんです」

ヤクモの言葉に、悠利はにっこりと微笑《ほほえ》んだ。どうぞどうぞと促されて、二人は席に着く。テーブルの真ん中に置かれている卓上コンロと鍋や、複数の大皿に盛りつけられている刺身と思《おぼ》しき魚介類を見て、その顔が綻《ほころ》んだ。

同時に、今日のメニューが何か理解したのだろう。ヤクモが楽しそうに口を開いた。

「なるほど。今日はかねてより言っておった、海鮮しゃぶしゃぶというわけであるな？」

「正解ですー。丁度、三人ですしね。他の人に遠慮しなくて良いので、ぴったりかなと思って」

「今日は少し肌寒いですから、温かいお鍋も美味しいと思いますわ」

「そうなんだよねー。流石に暑い日に海鮮しゃぶしゃぶは楽しめないかなぁと思って」

「それは確かに」

「それは少し辛いと思いますわ」

しみじみとした悠利の呟《つぶや》きに、ヤクモとイレイシアは打てば響くように同意した。まったくもってその通り以外の何物でもない。暑い日に鍋を囲むなど、空調をガンガンに効かせて冷やした部屋とかでもない限り、かなり無謀だ。

雑談はそこまでにして、悠利は二人に食べ方の説明を始める。

「鍋の中の野菜やキノコはもう煮えてますから、好きに食べてください。魚介類はお刺身でも食べられるものですが、鍋にくぐらせて軽く火を入れて食べると美味しいと思います」

「ユーリ、お皿が違うのはどういうことですか?」

「しゃぶしゃぶにするのは白身系の魚が良いかなと思って、薄く切ってあるよ。赤身や青魚はそのままお刺身で食べたら良いかなと思って、少し大きめなんだよね」

「なるほど、解りましたわ。では、こちらの薄く切ってあるものを鍋に入れれば良いのですわね?」

「そうだよ」

悠利の説明を理解したイレイシアが、嬉々として薄く切られた刺身を箸《はし》で一枚取る。半透明の綺《き》麗《れい》な白身魚だ。薄いといっても食感を失うほど薄くはない。そのまま食べても美味しいだろうそれを、イレイシアはそっと鍋に入れた。

ぽこ、ぷく、と小さく沸騰している鍋の中で、ゆらりゆらりと刺身が揺れる。踊っているとか泳いでいるとでもいう感じだった。そして、出汁で温められた刺身の表面がうっすらと白くなった頃合いで、イレイシアはそっと刺身を引き上げた。

本日のメニューは海鮮しゃぶしゃぶなので、あまり長く鍋に入れておくと別の料理になってしまう。魚の切り身の入った鍋も美味しいが、それはまた別の機会だ。本日は、半生でも美味しく頂ける海鮮しゃぶしゃぶなので。

先ほどまでの半透明と異なり、表面が白っぽくなった刺身を見つめて、イレイシアは小さく笑った。そして、お行儀良く小さな口を開いてその中へ運ぶ。出汁の旨みを纏《まと》った白身魚の軟らかな風味が、口の中に広がった。

ほんのりと残る脂が、甘さとなって口を喜ばせる。火を通しすぎていないので、食感はやや弾力を残していた。刺身でもない、火を通したものでもない、不思議な食感だ。けれど、シンプルな出汁の旨みを纏ったそれは、確かにイレイシアの口に合った。

「美味しいですわ……！」

「本当？　良かったー。お魚が美味しいから、鍋の味付けはあっさり系にしておいたんだけど、大丈夫？」

「ええ、問題ありませんわ」

「薄かったらお好みで、塩とかポン酢とか醤油とか使ってね」

「解りましたわ」

ちゃんと用意してるよーと言いたげにずらずらと調味料を並べた悠利に、イレイシアはにこにこと微笑んだ。お魚大好き人魚ちゃんなので、彼女はこのメニューに大満足しているようだった。いそいそと次の刺身へ箸を伸ばす姿は、普段の彼女を知っていると余計に微笑ましい。

もう一人はどうなんだろうと悠利が視線を向けると、ヤクモは黙々と海老《えび》を食べていた。ちょんちょんと先っぽを醤油につけて、ぱくりと口に入れる所作は手慣れていた。ついでに、そうするのが当然だろうと言いたげに、身を食べた後には頭を啜《すす》ってミソを堪能している。完璧《かんぺき》だった。

「ヤクモさん、海老お好きでした？」

「む？　我は魚介類は一通り何でも好むが？」

「あ、そうなんですね。海老が気に入ったのかなぁと思ったので」

「生で食せる海老は久方ぶりゆえ、つい」

「……なるほど」

ヤクモの答えに、悠利は納得した。納得せざるを得なかった。

海老は、割と見かける食材だ。炒《いた》め物にもスープ類にも入っている。けれど、やはり内陸である王都ドラヘルンで生食用の海老はあまり出回らない。そもそも、この辺りの人々は魚介類を生で食べる習慣がほとんどないのだ。となると、どうしても流通しなくなる。

需要と供給の関係は大きい。いくら、転移門があって港町ロカから商品を仕入れることの出来る者達がいたとしても、買い手がいなければ意味がないのだ。

食の好みというのはかなりデリケートな問題で、あまり強引にそれまで馴染みのないものを進めると大変なことになる。味付けの違いぐらいはまだ許容範囲だろうが、食べ慣れていない食材や、生食というのは慎重に対応しなければならないのだ。

……まぁ、ここには三名、魚介類の生食を好んで全力で堪能している者達がいるのだが。いずれも王都ドラヘルンの出身でも、近くの出身でもないので、彼らは例外中の例外だ。

「海老の頭、何なら唐揚げにしますけど、どうですか？」

「ふむ……。なかなかに魅力的な誘いであるが、そこまでお主に手間をかけさせるのも気が引けるゆえ、またの機会にお願いしよう」

「了解です」

悠利の提案に、ヤクモはそんな風に答えた。今、調理担当は悠利しかいない。ここでヤクモが唐揚げを願い出れば、悠利は食事を中断して調理に取りかかるだろう。それはヤクモにとって嬉《うれ》しくはなかったのだ。

ヤクモの気遣いをありがたく受け取って、悠利はうきうきと刺身へと手を伸ばす。やはりここはしゃぶしゃぶを堪能するのが一番と、薄く切った刺身を掴《つか》んで鍋《なべ》に入れた。

ふよふよと泳ぐ刺身。刺身が泳いでいる間に野菜やキノコを器に取り、最後の仕上げとばかりにそこにほんのり火の通った刺身を引き上げる。そして、ほんの少しだけ出汁《だし》をかける。

ほどよく火が通り、ほどよく脂がのった刺身を、悠利は口に放り込んだ。半生と称するべき食感は、独特だ。刺身で食べるよりは嚙《か》みやすく、完全に火を入れたものよりは弾力がある。口の中に広がる旨みに、思わず顔を緩める悠利だった。

「んーっ、美味しいー」

「ユーリ、こちらのお皿の中身も、鍋に入れても大丈夫でしょうか？」

「ふえ？　……あぁ、大丈夫だよ。イレイス、何か気になるのあったの？」

おずおずと問いかけられて、悠利はさらっと答えた。刺身で食べられる鮮度の魚介類なので、基本的にどれを鍋に入れても問題はない。単純に、悠利のイメージでしゃぶしゃぶにするのは白身魚系だなと思っていただけで。

悠利の返答を聞いたイレイシアは、嬉しそうに箸で摘まんだそれを鍋に入れた。彼女が入れたのは貝柱だった。あぁ、なるほどと悠利は納得する。貝柱は火を入れても美味しい。

「生で食べるのも美味しいのですけれど、鍋の味が絶品でしたから」

「色んな具材の旨みが出ると、美味《おい》しくなるよねー」

「えぇ」

貝柱を放り込んだ理由を、イレイシアは端的に説明した。確かに、野菜やキノコを大量に入れ、その上しゃぶしゃぶとして魚を入れたので、鍋の味がどんどん美味しくなっているのだ。

これは悠利の持論だが、鍋は食材を大量に入れれば入れるほどに、それぞれの旨みがしっかりと出て美味しくなる。なお、当然ながらそこに入れるべきは味を壊さない食材であることが大前提である。闇鍋はご遠慮したい。

幸いにもここにいるのは悠利とイレイシアとヤクモの三人。食事に関して冒険をするような面々ではなく、闇鍋に興味もない。……一番暴走しそうな悠利が、普通に海鮮しゃぶしゃぶを堪能しているので、問題は何一つないのだ。

「ユーリ、貝柱もとても美味しいですわ！」

軽く鍋で火を入れた貝柱を口にしたイレイシアが、ぱぁっと顔を輝かせて叫ぶ。普段おしとやかな彼女らしからぬ行動だが、悠利もヤクモも咎《とが》めたりはしない。それだけ美味しいという証明だ。

顔を見合わせた悠利とヤクモは、いそいそと鍋に貝柱を入れた。魚には一家言ある人魚のイレイシアがここまで言うのだ。試さないわけがない。

出汁の味を吸い込んだ貝柱は、その本来の持ち味も合わさって口の中で見事なハーモニーを奏でた。刺身で食べるのも美味しいのだが、鍋に入れるのも正解だなと悠利は思った。鮮度抜群の食材の可能性は無限大だった。

「本当だね。凄《すご》く美味しい」

「うむ。生で食べるのも美味であったが、鍋に入れるとまた一段と旨みが増す気がするな」

「……つまりこれは、全て試してみるべきということかな？」

「ユーリ、お付き合いしますわ」

「うむ。我も付き合おう」

キランと眼鏡を光らせて悠利《ゆうり》が呟けば、イレイシアとヤクモが全力で乗っかった。そこに他の誰かがいればツッコミが入ったのだろうが、生憎《あいにく》と誰もいない。ツッコミ不在のまま、お魚大好きトリオによる海鮮しゃぶしゃぶサドンデスが始まった。

基本的に全て生で食べられるので、鍋に入れる時間は短くても良い。どのぐらい火を入れるかは個人の好みだろう。各々が自分が食べたいと思うものを鍋へと入れるのだった。

悠利は海老の頭を外して、どぼんと一瞬だけつけて引き上げた。ほんのりと火の入った海老は色づいて、ますます美味しそうだ。ちょんちょんと少し塩を付けてから口に含めば、半生の食感と幾つもの旨みが口の中に広がる。

海老の味だけではない。悠利が作った出汁の風味だけでもない。野菜とキノコ、幾つもの魚介類の旨みが凝縮されて、一瞬で海老にくっついてきたのだ。それを堪能して、悠利は幸せそうににこにこと笑った。

「ユーリ、この魚介類は、全て食べても大丈夫なのでしょうか？」

「うん、大丈夫だよ。足りなかったら追加を用意するし」

「素晴らしい贅沢《ぜいたく》ですわね」

ふわりと、花が開くようにイレイシアが微笑む。その笑顔を見て、本当に生魚が好きなんだなぁと悠利は思った。

勿論《もちろん》、悠利も刺身は好きだ。けれど、やはりそれが主食とも言うべき人魚のイレイシアとは、思い入れが違う気がするのだ。誰の目も気にせずに好きなだけ食べられるのは、とても嬉しいようだ。

たくさんの魚介類の旨みを吸って美味しくなったスープを飲みながら、悠利は思い出したように口を開く。

「〆《しめ》にライスを入れて雑炊にするか、うどんを入れるかにしようと思ってるんですけど、どっちにしましょうか？」

「「……………」」

悠利の言葉に、ヤクモとイレイシアは動きを止めた。顔を見合わせて、しばし思案する。

この、とてもとても美味しくなったスープを堪能するにはどちらが良いのかを、真剣に考えていた。あと、胃袋の空き具合も一緒に。何だかんだで魚介類を結構な分量食べているので、それなりにお腹《なか》はいっぱいなのだ。

「イレイス、お主の好きな方にすると良い」

「いえ、わたくしはあまり食べられませんから、ヤクモさんのお好きな方で」

「我はどちらも好むゆえ、どちらでも良いのだ」

「わたくしも、どちらも美味しそうだと思いまして……」

優しいヤクモの申し出に、イレイシアは困ったように笑った。出汁をたっぷり吸った雑炊も、出汁と一緒に食べるうどんも、どちらも美味しいだろうなと思ったのだ。間違っていない。どちらも間違いなく美味しいだろう。

結論が出ずに悩んでいる二人に、悠利が解決策を口にした。調理担当故の暴論とも言える方法で。

「じゃあ、両方します？」

「「え？」」

「先にうどんを少し食べて、引き上げてからライスを入れて雑炊にすれば両方楽しめます」

任せてくださいと言いたげににっこり笑う悠利。柔軟なその発想に、ヤクモとイレイシアは示し合わせたように拍手をする。お見事と言いたかったのだ。

「それじゃ、〆は両方ということで、美味しく食べましょうー」

「ええ。ユーリ、そちらの魚も美味しかったですわ」

「本当？　楽しみだなー」

イレイシアの言葉に、悠利はうきうきしながら刺身を鍋に入れた。実にのどかな、平和な、同志で楽しむ素敵な鍋タイムは、まだまだ続くのだった。

余談だが、物凄《ものすご》く美味しくなったスープで作った雑炊の存在を聞きつけたマグが、それからしばらく悠利の後ろをついて回る光景が見られた。安定のマグだった。

◇◇◇

「お前が鍛錬を見学したいなんて、珍しいよな」

「んー、手が空いちゃったっていうのもあるんだよねー」

「納得した」

悠利の言葉に、クーレッシュは大きく頷《うなず》いた。普段ちっとも興味を示さない悠利が見学したいと言い出した理由が、時間潰《じかんつぶ》しだったと解ってしまえば納得も出来る。

彼らの目の前では、ブルックが訓練生と見習い組に稽古《けいこ》を付けていた。《真紅の山猫《スカーレット・リンクス》》では全ての基本として体術を教えている。体術は武器を必要としないので、いざというときに役に立つだろうという考えだ。

また、己に向いている武器が何か解らない状態でも、訓練が出来るという利点がある。武器適性というのは案外難しいのだ。

「クーレは休憩中？」

「いや。俺は今、目を養う訓練」

「目？」

「動きを目で追えって」

「わぁ、大変だぁ」

クーレッシュに課せられた訓練に、悠利は遠い目をした。何故《なぜ》そんなことを言ったかというと、クーレッシュが見ている相手のせいだ。

クーレッシュが一生懸命目をこらして動きを追っているのは、レレイだった。正確には、手合わせをしているレレイとマリアだ。自分達だけで手合わせするのは禁止されているコンビだが、ブルックの監視下ならば話は別だ。いざとなればブルックが力業で止めるので。

そして、そのレレイとマリアの動きだが、……悠利には何一つ見えなかった。いや、一応姿は見えているのだが、拳《こぶし》や足を打ち付け合っている音は聞こえても、どんな動きをしているのかはさっぱりだった。

猫獣人の父親からその身体能力を引き継いでいるレレイと、吸血鬼の怪力と身体能力の高さを受け継いだダンピールのマリア。見た目は闊達《かったつ》な美少女と妖艶《ようえん》美女だというのに、そこにいるのは人間兵器みたいな二人だった。

そんな二人の動きを目で追うというのは、なかなかに至難の業に悠利には思えたのである。

「アレを目で追うの……?」

「そう」

「見えてるの……?」

「……半分ぐらいしか解らん」

「半分解るなら、凄いと思うけど……」

ぼそりとクーレッシュが答えたセリフに、悠利は感心したように呟《つぶや》いた。少なくとも、ほとんど何も解っちゃいない悠利と比べたら、とても凄い。

けれど、訓練生であるクーレッシュにとってはそうはいかない。魔物と戦うこともある彼らは、日々しっかりと修業をしなければならないのだ。怠慢は死に直結するのがトレジャーハンターである。

皆大変だなぁと悠利がぼんやりと考えていると、不意に影が差した。細い影に視線を背後に向ければ、穏やかな笑顔があった。

「おや、ユーリくんがいるなんて、珍しいですねぇ」

「ジェイクさんこそ、こんな昼日中に屋外に出るなんてどうしたんですか？　大丈夫ですか？」

「……ユーリくん、その大丈夫ですかは、具体的にどういう意味でしょうか？」

「いきなり倒れたりしませんよね？　っていう意味の大丈夫ですか？　です」

「……今日は結構元気です」

ひょっこりと姿を現したジェイクだが、悠利の物言いにしょんぼりとした。彼の扱いは相変わらずだが、こういう扱いをされてしまう前科が大量にあるのでクーレッシュもフォロー出来ない。

むしろ、悠利の隣で力一杯頷いているぐらいだ。あと、悠利と二人でジェイクの元気だという主張を訝《いぶか》しげに見ている。本当だろうかと疑ってかかりたくなるぐらいに、この学者先生はしょっちゅうアジトで行き倒れるので。

まぁ、ジェイク自身もそういう扱いが染みついているので、立ち直りは早かった。誰が相手でも、どんな扱いをされても、怒りもせずにひどいなぁとしょげるぐらいで済ませる辺り、何だかんだで器の大きさを感じさせる男である。

……そこ、単純に鈍いだけとか言わない。否定出来ないので。

「それで、ユーリくんは何をしているんですか？」

「手が空いたので、鍛錬の見学をしてみようかなーと思って」

「珍しいですねぇ」

「皆がどんなことをしてるのかは、ちょっとぐらい興味ありますよ」

「そうなんですか？」

「自分が交ざろうとは思いませんけど」

へらっと笑う悠利に、ジェイクとクーレッシュは揃《そろ》って頷いた。誰も悠利にそんなことは期待していない。むしろ、戦いの場に悠利を連れて行こうとも思わない。

確かに、護身術に体術を覚えるというのは必要かもしれないが、人間には向き不向きがある。悠利は決して運動が出来ないわけではないが、性根がほんわかしすぎているので、戦闘技術の取得は恐らく向いていない。

また、常に護衛を自認するハイスペックなスライムが側にいるので、よほどでないかぎり危険はない。……そもそも、運∞という謎の能力値《パラメータ》をしているのだ。危ない目になんてほとんど遭わない。

悠利が何故ここにいるかを理解したジェイクが、その隣のクーレッシュへと視線を向ける。他の訓練生や見習い組が鍛錬をしているのに、何故彼だけが座っているのか気になったのだろう。

「クーレは何を？」

「あそこの血の気の多い女子二人の手合わせを見て、目を鍛えろとのお達しでーす」

「あー、それはなかなかに難題ですね。今どれぐらい見えてます？」

「半分ぐらいです」

会話をしながらも、視線をレレイとマリアに固定しているクーレッシュ。その返答に、ジェイクはおやと楽しそうに笑った。

悠利は意味が解らずに首を傾《かし》げているが、答えはすぐに与えられた。

「進歩しましたねぇ。前はほとんど見えてなかったのに」

「俺だって努力はしてますよ」

「努力というか、慣れが大きいと思いますよ」

のんびりとした二人の会話に、一人なるほどと納得する悠利だった。半分見えるクーレッシュを凄《すご》いと悠利は思っていたが、その彼でも最初はもっと見えていなかったのだ。

毎回必死に二人の動きを目で追い続け、やっと半分ぐらいは理解出来るようになったクーレッシュ。地道に努力を重ねる姿は素晴らしい。頑張ってるんだなぁと思う悠利だった。

「それでは、見学中のユーリくんに、少しばかり解説を添えましょうか？」

「解説？」

「えぇ。ただ見ているだけより面白いと思いますよ」

にこにこと笑うジェイク。悠利は少しだけ考えて、その申し出をありがたく受けた。

普段はアジトで風物詩のように行き倒れているジェイク。しかし、彼は指導係の座学担当とも言うべき学者先生で、教えるのがとても上手《うま》かった。噛《か》み砕《くだ》いて解りやすく説明するのがとても上手なので。

だから、そんなジェイクの解説がどんな風に付けられるのかちょっと気になったのだ。

「まず、レレイとマリアですね。あの二人はどちらも見た目の割に力自慢ですが、身体《からだ》の使い方はまったく違います」

「違うんですか？」

「ええ。レレイはどちらかというと猪突猛進。考えるより先に、とりあえず力でごり押ししてしまえという感じですね」

「物凄く理解出来ました」

ジェイクの身も蓋《ふた》もない説明に、悠利《ゆうり》は力一杯頷いた。レレイが戦うところを見たことはないが、「とりあえずぶっ潰せば良いよね！」みたいな会話をしているのを聞いたことがある。つまり、単純思考の脳筋お嬢さんなのは悠利の中でも確定している。

実際今も、悠利にはさっぱり見えていないが、レレイの攻撃はどこか単調なものだ。やや大ぶりとも言える。一撃必殺！　みたいなノリで拳や蹴《け》りを繰り出す姿は、いっそ清々《すがすが》しい。

また、持って生まれた反射神経が優れているので、そんな大ぶりの攻撃で反撃をされそうになっても、素早く避けている。元々の身体能力が高いから直情型なのか、身体能力が高いから直情型でもどうにかなっているのか、判断が割れるところだ。

「マリアは怪力の持ち主ですし身体能力も高いですが、彼女は常により最善の手で攻撃することを念頭に置いています」

「つまり、冷静だと？」

「戦闘本能が強い部分はありますが、戦い方は冷静ですよ、彼女。こちらの声が聞こえていなくとも、より確実に攻撃が通るように、トドメがさせるように動いてますし」

「待ってください。それどう考えてもレレイより物騒です」

「マリアですからねぇ」

悠利が思わず真顔でツッコミを入れるが、ジェイクはのほほんと答えた。彼の中では、吸血鬼の戦闘能力を保持したダンピールのマリアは、そういう扱いらしい。物騒を野放しにしないでほしいと思う悠利だった。

とはいえ確かに、目の前で手合わせを繰り広げるマリアとレレイでは、マリアの方が余裕があるように見える。冷静にレレイの動きを読んで次の一手を打っているように見えなくもない。

ただし、あまりにも動きが速すぎるので、悠利には確実なことは言えないのだが。

「あの二人の場合は、それでも持って生まれた身体能力を上手に使いこなしている部類に入りますね。だから、ブルックも二人で手合わせをさせているんだと思いますよ」

「そうなんですか？」

「えぇ。あの二人に基礎は必要ありませんからね。恐らく、一段落したところで本気の手合わせをするぐらいでしょう」

にこにこと笑いながらジェイクが説明を続ける。悠利には鍛錬の趣旨はよく解っていないので、

とりあえずなるほどと頷くだけだ。

　そんな悠利の隣で、クーレッシュが面倒そうにぼやく。

「あの二人はなぁ……。本当に、強いんだ」

「……うん？」

「強いんだけど、どっちも本当に、本当に、話を聞かない」

「……え？」

　遠い目をしたクーレッシュの言葉に、悠利は思わず目を点にした。思いっきり実感がこもっているのだ。哀愁ともいうのかもしれない。

　悠利の反応に、クーレッシュは力なく笑った。どこか疲れた表情だった。

「レレイは目の前の敵を倒すことしか考えてないし、マリアさんは相手が強敵だったら嬉々《きき》として突撃して味方を忘れるし」

「……わぁ」

「しかもマリアさん、敵が雑魚《ざこ》だった場合は不機嫌オーラばらまくからな」

「ダメじゃん。ダメダメじゃん」

「ダメダメなんだよ」

　思わず悠利が口にした言葉を、クーレッシュは否定しなかった。黄昏《たそが》れながら肯定するクーレッシュに、彼女達と共に任務に赴くこともある訓練生の立場の世知辛さを理解した悠利だった。組む相手を自分で選べないという意味で。

色々と大変なんだなぁと思う悠利。とりあえず、労《いたわ》りの意味を込めてクーレッシュの肩をぽんぽんと叩《たた》いておいた。意味が通じたのか、ありがとよと小さな声が返った。

そんな二人のやりとりを見て苦笑していたジェイクが、悠利に別の方向を見るように促した。そこでは、並んで型稽古《かたげいこ》のようなことをしている見習い組がいた。

「ヤック達は何をしてるんですか？」

「基本練習ですね。身体の動かし方を覚えているんですよ」

「なるほど」

「あの中では、一番上手に身体を使えているのはカミールですね」

「え？　そうなんですか⁉」

思わず悠利は驚きの声を上げてしまった。見習い組四人の中で、一番上手と言われても違和感があるのだ。

それというのも、カミールは細身の少年だ。黙っていれば良家の子息に見えそうな上品な容姿をしている。当人の得手は情報収集であり、斥候やりたいと言っていたぐらいだ。

その彼が、体術の訓練で一番上手だと言われても、悠利には意味が理解出来ないのだ。少なくとも、カミールは荒事が得意なわけではない。

困惑している悠利に、ジェイクは解りやすい説明を始めた。

「あくまでも身体の使い方であって、強さではないですよ」

「はい？」

「自分の身体を、今持っている力を、無理なく適切に上手に使えているというのは、恐らくカミールです」

「……どういうことですか？」

ジェイクの説明は基本的に解りやすいものなのだが、悠利にはイマイチ理解出来なかった。それというのも、そもそも悠利は体術がさっぱりだからだ。

その証拠に、悠利の隣のクーレッシュは納得したように頷《うなず》いている。今の説明で解るんだと思う悠利。戦闘員と非戦闘員との間の壁は大きかった。

「では、他の三人の状態を説明しましょう」

「よろしくお願いします？」

それが何に繋《つな》がるのか解らなかったが、ジェイクが意味のないことを言うとは思えなかったので、悠利は素直に拝聴することにした。素直は悠利の美点である。

「まずはウルグスですね。彼は豪腕の技能《スキル》を持っていることもあって、実際の戦闘能力は高いです。……そうですね。体術だけなら、クーレよりも上ですか？」

「力で押し負けるのは事実ですね。捕まるとヤバいかも」

「そうなの？」

「距離が取れれば良いけど、一度捕まると逃げるのは難しいんだよなー。俺、そんなに力ないし」

「まぁ、クーレは後方支援タイプだって言ってたもんね」

「おう」

自分が見習いのウルグスに力で負けることを、クーレッシュは特に重く考えていなかった。得手不得手というものがあるので、無い物ねだりをしても仕方がないことを彼は知っている。そもそも、それを言い出すと女子に力で負けている現実があるので。

そんな二人のやりとりを微笑《ほほえ》ましそうに見つめていたジェイクが、再び口を開く。その声に導かれるように、悠利は視線を見習い組に戻した。

「確かにウルグスは腕力が高く、実際の戦闘ならばそれなりの強さを発揮すると思います。ただ、それだけに、持ち合わせた力に振り回されていますね」

「そうなんですか？」

「ええ。見てください。動きが大ぶりなのと、止めるときに止まれていないのは解りますか？」

「……あ」

「力が強すぎて、勢い余っている感じなんですよ。そういう意味で、まだ自分の身体を使いこなせていないということになります」

「なるほど」

よく解るジェイク先生の解説だった。

実際、悠利の目に映るウルグスはジェイクの言うとおりの状態だった。勢いよく腕を振っているが、止めるときに若干ブレる。勢いを殺し切れていないのだ。

ふむふむと感心している悠利に、ジェイクの説明は続く。悠利は大人しくその説明に耳を傾けた。ちょっと楽しくなってきたので。

「次にマグですが、あの子は基本的に逃げの姿勢が染みついています」

「……はい？」

「身体能力は高いですし、それなりにそつなくこなしてますけど、全力ではないんですよ」

「余力を残すのは悪いことじゃないと思うんですけど？」

「意識して残せているなら、そうですね」

悠利の疑問に、ジェイクは穏やかに笑って答える。こういう会話をしていると、頼れる学者先生だなぁと思う悠利。普段のジェイクは全然頼りにならないので。

悠利にそんな感想を抱かれているとは思いもしていないジェイクは、笑顔で解説を続ける。世の中、知らぬが花である。

「ブルックが以前言っていたんですよ。もう少しばかり身体の力を使えるはずだ、と」

「……？」

「つまり、あの子は無意識に自分の力をセーブしてしまっているんです。多分、余力を残しておかないと死ぬと思ってるからでしょうけど」

「……あー」

意識してそれが出来ているなら良いんですけどねぇ、とジェイクがのほほんと告げる。口にした内容は全然のほほんとしていなかった。悠利の顔が微妙な表情になる。

マグはスラム育ちだ。そのため、悠利達とは色々な価値観が異なっていたりする。それが良い場合と悪い場合があって、今回はどちらかというと悪い場合らしい。

「マグは身体能力高いから、ちゃんと使いこなせれば化けるだろうって皆が言ってたぞ」

「そうなんだ？」

「おう。ブルックさんとかリーダーとかリヒトさんとか。後、バルロイさん」

「バルロイさんの言葉って、信憑性《しんぴょうせい》あるの？」

「お前なぁ……」

悪気なく呟《つぶや》いた悠利に、クーレッシュはがっくりと肩を落とした。しかし、悠利が悪いわけではないのだ。卒業生のバルロイは、悠利の前では大食らいの陽気なお兄さんでしかないのだから。

「あの人、戦闘のときは本当に頼りになるからな。必然的に、それに関係する部分もめっちゃ頼れる」

「そうなんだ。レレイとは違うんだね？」

「普段のアホさ加減は似てるけどな」

身も蓋《ふた》もない説明だった。だがしかし、それが正しいので仕方ない。今はここにいない脳筋狼さんを思って、悠利は遠い目をした。やっぱり彼は悠利にとっては大食らいのお兄さんでしかなかった。

「ウルグスやマグが強い割に身体が上手に使えていないってのは解りましたけど、カミールは違うんですか？」

「そうですね、解りやすく言うなら、あの子の型が一番綺麗《きれい》ですよ」

「ん……？」

言われてカミールの動きを確認した悠利《ゆうり》は、あっと小さく呟いた。見習い組は並んで決まった動きをしているので、違いがよく解る。

勢い余って少しばかり重心がブレているようにも見えるウルグス。どことなしに力を抜いているように見えるマグ。まだ色々とおぼつかないヤック。その三人に比べて、カミールはキビキビとしたメリハリのある動きをしていた。

「本当だぁ……」

今まで説明を受けてもよく解らなかったことが、言われた言葉を考えながら見ると理解出来た。それが何だかとても嬉《うれ》しい悠利だった。

そんな悠利の反応を見て、クーレッシュは小さく笑う。楽しそうで何よりと言いたげだ。

「ユーリくんがお望みなら、他も解説しますよ？」

「良いんですか？」

「ええ」

「それじゃあ、よろしくお願いします」

せっかくの機会だからと、悠利は顔を輝かせてお願いした。そんな悠利に、ジェイクは解りましたと答えて、解説を始める。

暢気《のんき》な二人の姿をちらりと見て、クーレッシュは再び視線をレレイとマリアへと戻す。俺の鍛錬、地味だけどしんどいと思いながら。

たまにはいつもと違う時間の過ごし方も、楽しくて良いものでした。……なお、ジェイク先生の解説は途中で彼が暑さに敗北するまで続きましたとさ。

閑話一　魚介たっぷり海鮮焼きそば

「それじゃ、今日のお昼は海鮮焼きそばを作ろうね」

にこにこ笑顔で悠利は告げる。その言葉に、マグはこっくりと頷いた。テンションは高くも低くもない。出汁《だし》料理以外には特に興味がないという、いつも通りのマグである。

焼きそばは、皆で港町ロカの海の家で食べている。そのときはソース味のものだったが、焼きそばの食感を含めて皆が気に入ったのは事実だった。なので悠利は、ロカの町で大量に買い込んでおいたのだ。

悠利には強い味方である魔法鞄《マジックバッグ》と化した学生鞄《かばん》がある。持ち主である悠利同様、色々とハイスペックな魔法鞄で、時間停止機能がついているのだ。これによって、入れたものは入れたときの状態で保存されることになる。

つまり、生鮮食品の保存に最適だった。

なので、今悠利が取りだした麺《めん》、恐らくは中華麺と思《おぼ》しきものも、買ったときと同じ状態だった。すぐに使えるように一度茹《ゆ》でてあるもので、悠利にしてみればスーパーで購入していた中華麺と似たような状態だった。

なお、そういう状態で売っているので、あまり流通していないとのことだった。

それなら乾麺《かんめん》の状態で売ってくれないだろうかと思った悠利だが、よく考えたら、使うときに一度茹でてから炒《いた》めるというのは物凄《ものすご》く手間だった。何となく、それだと売れない気がした。世の主婦は手間に敏感な気がするのだ。何となく。

それはともかく、今、悠利の手元には中華麺がある。焼きそばを作るのに問題はない。ただし、海の家で食べたようなソース焼きそばを作るわけではない。具材は海老《えび》やイカなどの海鮮を使い、味付けは塩ベース。海鮮塩焼きそばを作るのだ。

「ソースが売ってるかも確認しておけば良かったねぇ」

「……？」

「海の家で食べた焼きそばを再現するなら、ソースが必要だなーと思っただけだよ」

悠利の言葉に、マグは首を傾《かし》げる。調味料の備蓄に焼きそばソースはなかった。というか王都ドラヘルンで見かけたことがないので、ソース焼きそばは作れないのだ。ちょっと残念だなぁと思っている悠利だが、マグは違ったらしい。

相変わらずの無表情で首を傾げながら、悠利に向けて問いかける。曇りのない瞳《ひとみ》で。

「錬金釜《がま》？」

「……えーっと、マグ？」

「錬金釜」

何を言われているのかよく解らない悠利。マグの発言は今日もやっぱり、悠利にはなかなか理解出来ない。

それでも、マグが何度も錬金釜と繰り返すので、悠利はハッとした。気付いたのだ。悠利の錬金釜の使い方は、主に調味料作製だ。アリーには何やってんだと怒られているが、便利なのでちょい色々なものを作っている。

そして、マグは悠利のその行動を知っている。タルタルソースを初めて作ったときから、悠利のやらかしを見てきているのだ。

なので、悠利もやっと、マグが何を言いたいのかを理解した。理解したが、悠利は困ったように眉《まゆ》を下げて笑うのだ。

「えーっとね、マグ」

「……？」

「ソースの材料が解らないから、作れないんだよ」

「……残念」

「うん、残念だね。解ったら作れるのに」

アリーが聞いたら雷を落としそうな発言だが、幸か不幸か今ここにいるのは悠利とマグだけだ。悠利の失言は、咎《とが》められることはなかった。

気を取り直して、二人は作業に取りかかる。焼きそばは調理工程こそ簡単な料理だが、人数が増えると材料の用意が大変だ。いや、それはどんな料理でもそうなのだが。野菜を切るというのはかなりの労力である。

「それじゃ、僕はキャベツを切るから、マグは人参をお願い」

「諾」

海鮮焼きそばとはいえ、野菜は必要。一人では大変な作業も、二人でやれば幾ばくか楽になる。特にマグは元々野菜を切るのが得意だった。同じ大きさに揃《そろ》えて切る職人技みたいなものがある。

使う野菜は、キャベツ、人参、タマネギだ。いずれも、あまり小さくなりすぎないように注意して切る。細かくなると食べるときにバラバラになるからだ。とはいえ、大きくても食べにくいので、そこのバランスは大事だ。

キャベツはざくざくと一口サイズに切り、人参は短冊に切る。タマネギは少し太めの千切りにする。単純作業だが、何しろ量が多いので二人がかりでもそれなりに時間はかかった。

ただし、料理技能《スキル》のレベルがバカみたいに高い悠利なので、その包丁さばきは芸術的だった。かなりの速さで切っているのだが、当人は相変わらずその辺を気にしていなかった。

「キュキュー？」

「アレ？　ルーちゃん？　どうしたの？」

ひょっこりと庭に繋《つな》がる裏口から顔を覗《のぞ》かせたルークスに、悠利はきょとんとした。ルークスは、邪魔じゃない？　みたいに窺《うかが》うようにしながら、少しだけ開けた扉の向こうから悠利を見ている。

調理中は中に入ってこないルークスを知っている悠利は、野菜を切る手を止めてそちらへ歩み寄った。しゃがんで目線を合わせてどうしたのと問うと、賢いスライムはすいっと野菜の皮や屑《くず》を、ちょろりと伸ばした身体《からだ》の一部で示した。

じぃっと悠利を見上げながら、である。アレ、食べても良いのかなぁ？　みたいな雰囲気だった。

生ゴミ処理が自分の仕事だと思っているので、お手伝いがしたくてやってきたらしい。

「あぁ、ルーちゃん、ゴミを処理してくれるつもりだったの？　後でも良かったのにー」

「キュイィ」

「待ってて、持ってくるから」

「キュ！」

いそいそと生ゴミを取りに行く悠利。お願いするね、と渡された野菜屑を、ルークスは嬉々《きき》として処理していく。今日も実にお役立ちなスライムだった。

生ゴミ処理を終えたルークスは、再び裏口から外へと出て行った。何か仕事をするのだろう。あちこちの掃除をするのが彼の日課なので。

そんなルークスを見送り、悠利は再び仕事に戻る。可愛いルークスに癒やされたので、物凄くご機嫌だった。

「麺は後で鉄板で焼くとして、野菜や海鮮は先に一度火を入れておくよ」

「諾」

「海鮮は僕がやるから、マグは野菜をお願い」

「諾」

任せろと言いたげにマグはこくりと頷《うなず》いた。悠利と二人、コンロの前に並んでそれぞれの担当の食材を炒め始める。

少人数ならばフライパンで一人ずつ作れば良い焼きそばだが、それなりの人数になると作業が面倒だ。それに、やはり焼きたて熱々を提供したい。

なので、とりあえず下準備としてフライパンで野菜と海鮮を炒めておくことにした悠利である。全部鉄板でやってしまっても良かったのだが、そうすると野菜や海鮮に下味を付けた際の塩胡椒《しおこしょう》が焦げの原因になるような気がしたので、下準備はフライパンでやることに決めたのだ。

野菜を任されたマグは、今までの悠利の教えをしっかり覚えていたようで、まずは根菜の人参から炒めている。ごま油の香ばしい香りが何とも言えない。菜箸《さいばし》で人参を炒める手つきも慣れたものだ。

人参に火が通ったらタマネギとキャベツを入れる。軽く火が通ったら、塩胡椒で下味を付けておく。麺と混ぜるときにも味を付けるので、ここではそこまで濃くはしない。

味見をしてとりあえず出来たと判断したマグは、炒めた野菜を大皿に移す。そして、追加の野菜を同じように炒め出す。流石に一度では入りきらなかったのだ。

それというのも、メニューが海鮮焼きそばと具だくさんスープだからだ。焼きそばに野菜をたっぷり入れることで、必要な栄養素を取り入れようという悠利の目論見だった。後、何だかんだで余っている果物の盛り合わせもデザートに用意している。

「マグ、最終的に全部炒められたらそれで良いんだから、一度にいっぱい入れなくても大丈夫だからね？」

「諾」

「一度に入れるとフライパンが重くなるから、気を付けて」

「諾」

悠利《ゆうり》の言葉に、マグは淡々と頷いている。問題ない、大丈夫だと言いたげな横顔に、悠利は笑った。小柄なマグなのでついつい心配してしまうが、当人は自分の力を理解しているので無理はしていないらしい。一安心だ。

そんな悠利は、せっせと海鮮を焼いている。

今回使うのは、海老とイカと貝柱だ。海老は皮を剥《む》いて食べやすい大きさに切り、イカも同じように下処理を済ませて一口サイズにしてある。貝柱は色々な種類があるのだが、大きめのものは食べやすい大きさに調整している。

なお、火を入れると縮むので、それを見越した大きさだ。野菜もそうだが、肉や魚介類は火を入れると解りやすく大きさが変わるものが多いので。

海鮮はあまり火を入れすぎると硬くなるので、火が通ったのが解るとすぐに皿へと引き上げる。最後に鉄板の上で麺と混ぜ合わせることになるので、この段階で火を入れすぎると美味《おい》しくないのだ。

味付けは、本当に少しだけの塩胡椒。港町ロカで買っただけあって、鮮度抜群で味の濃い海鮮なので、あまり大仰な味付けは必要ない。

悠利も一度ではフライパンに全ての具材が入りきらないので、焼けたものを皿に移しては新しいものを焼く作業を繰り返す。地道な作業だが、下準備をちゃんとしておけば美味しく食べられるのだから、手を抜く理由はない。

そんなこんなで、悠利とマグは黙々と、野菜と海鮮を焼き続けるのだった。……こういう作業が嫌いではない二人だったのは、幸運だ。

昼食時、悠利が食堂のテーブルの上に用意した卓上コンロと鉄板を見て、集まった一同は興味津々だった。これから何が始まるのだろうという感じだ。

「ユーリ、これ何するのー？」
「海鮮焼きそばの仕上げだよ」
「へー。出来たてなのね」
「うん、そうだよ」

やった、と喜びを表すヘルミーネに、悠利はにこにこと笑った。二人の会話に、他の面々も興味を引かれたのか集まってきた。

マグと二人で準備した野菜と海鮮を鉄板の傍らに置き、熱した鉄板に油を引いてそこに麺を投入する。悠利が手にしているのはトングだった。大量の麺を解《ほぐ》しながら炒めるので、トングの方が楽だと気付いたのだ。

それに、菜箸では麺を持ち上げて混ぜるのが大変だ。少量ならともかく、大量の麺になると重量がかかるので難しい。ヘラやトングを使うと、少しだけ楽になるのだ。

鉄板の上で温めた麺が十分に解れたのを確認すると、悠利は助手よろしく隣に控えていたマグに声をかける。

「マグ、野菜と海鮮を全部入れてー」

「諾」

「入れ終わったら、混ぜるの手伝ってね」

「諾」

どさーっと大皿の中身を鉄板に入れるマグ。悠利の言葉に素直に頷き、鉄板の上を埋め尽くす野菜と海鮮、麺《めん》を混ぜる作業に加わる。二人がかりでせっせと混ぜ合わせ、均等に混ざったところで一度味見をする。

ちゅるんと口の中に麺を入れた悠利は、もぐもぐと咀嚼《そしやく》しながら味を確認する。野菜や海鮮に付けた塩胡椒だけでは、麺に味は付いていない。しかし、確認せずに調味料を追加するのは愚の骨頂なので、これは必要な作業だ。

そう、味見は必要な作業である。……必要なことをしてるだけだからね、と悠利は心の中で呟《つぶや》いた。皆から突き刺さる視線が痛かったので。

「マグー、塩と鶏ガラをちょっとかけてー」

「諾！」

「あ、鶏ガラそんなにいっぱいはいらないからね？　海鮮の旨味が出てるから」

「……………諾」

「領くまでの間が長いよ、マグ……」

出汁《だし》を入れることが出来る！　みたいな感じで暴走しそうだったマグを、悠利は流れるように牽《けん》制《せい》した。悠利に主導権があるのは解っているので従うべきだと考えるまでに、しばらくの時間を要する辺りがマグだった。出汁の信者は今日もブレない。

塩と鶏ガラを加えて全体をざっくりと混ぜれば、完成だ。もう一度味見をして、問題がないと確信した悠利はコンロの火を消して、皆に声をかけた。

「海鮮焼きそば完成でーす！　お皿持ってきてくださーい」

「「はーい！」」

出来上がるのを今か今かと待っていた仲間達は、とても良いお返事で皿を手に並んだ。鉄板で焼いている段階で、既に匂いが漂ってきていたのだ。ソースでなく塩味だったからまだマシだが。これでソース焼きそばだったら、匂いだけで皆が空腹を訴えていたことだろう。鉄板で焦げるソースの匂いは、物凄《ものすご》くお腹《なか》に効くのだから。

マグと二人、並ぶ皆にせっせと海鮮焼きそばをよそう悠利。分量に関しては、それぞれに合わせて調整している。小食メンツは控えめに。大食漢組は少し多めに。お代わりの分も見越して作っているので、その旨も伝えて、だ。

全員に焼きそばが行き渡ると、皆は席について食事を始める。具だくさんのスープと海鮮焼きそばというシンプルなご飯だが、問題ない。目の前の出来たての焼きそばの魔力は強いのだ。

「それじゃ、いただきます」

「「いただきます」」

いつものように悠利が呟くと、皆がそれに続くように唱和する。この流れもお約束になってしまった。それだけ悠利が《真紅の山猫《スカーレット・リンクス》》に馴染《なじ》んだとも言える。……いやまぁ、最初から割と普通に馴染んでいたのだが。

悠利はまず、野菜と麺を一緒に口に放り込んだ。とりあえず、一番シンプルな味を確認しようと思ったのだ。

もちもちとした麺と、歯ごたえを残した野菜の食感の対比がなかなか面白い。味付けはシンプルに塩胡椒だが、野菜と海鮮の旨味が詰まっているので物足りなさは感じない。ほんの少し加えた鶏ガラの風味が、良い仕事をしていた。

もぐもぐとよく噛《か》んで堪能したら、次は海鮮だ。火が入りすぎていないか心配になったが、特に問題はなかった。海老《えび》はぷりっぷりだし、イカは弾力をしっかりと残している。貝柱は弾力を持ちながらもほろほろと繊維に沿って崩れていく。いずれも旨味がぎっしり詰まっていて、何とも言えず美味だ。

次に、野菜と麺、海鮮を一緒に口に入れる。それぞれの旨味が、良さが、口の中で混ざり合って広がる。野菜の甘み、海鮮の奥深い旨味、麺のもちもちとした食感と雑味のなさにそれらが絡まり、絶妙のハーモニーだった。

「んー、海鮮塩焼きそばも美味しいー」

海の家で食べたのはソース焼きそばで、それも勿論《もちろん》美味しかったが、悠利は塩焼きそばも好きだった。そして、塩味の焼きそばは肉よりも海鮮の方が好みだった。

それというのも、お祭りの屋台で海鮮塩焼きそばを食べた記憶が大きい。家族皆で出掛けた楽しい海お祭りの思い出の中、普通ならソースの香ばしい匂いが漂う焼きそばのはずが、何故《なぜ》か珍しい海鮮塩焼きそばが売っていたのだ。

ソース焼きそばは美味しい。それは間違いない。けれど、塩焼きそばも美味しい。悠利はそれを知っていたのだ。そして今、それを再確認していた。

とはいえ、それはあくまでも悠利の好みの問題だ。他の皆はどうだろうかと視線を向ける。特に、海の家でソース焼きそばを美味しそうに食べていた面々が気になった。口に合っただろうかという意味で。

そんな悠利の心配は、杞憂《きゆう》に終わった。

「ちょっと！　何でレレイもうお代わりしてるのよ！　独り占め反対ー！」

「大丈夫、大丈夫。まだまだいっぱいあるよー」

「レレイの大丈夫はアテにならないのよ！」

悠利の耳に飛び込んできたのは、ヘルミーネの叫びだった。答えるレレイは能天気な口調である。あぁ、気に入ったんだなぁ、と悠利は理解した。レレイは大食漢なので、一皿目をぺろりと平らげたのだろう。

お代わりをしているのはレレイだけではない。レレイとヘルミーネが言い争っている隙を衝くように、マグがせっせとお代わりを皿に入れていた。……どうやら、少量入れた鶏ガラの風味がお気に召したらしい。

「……マグ、ほどほどにしてね……」

届かないかもしれないと思いつつ、悠利は呟いた。まさかマグが反応するとは思わなかったので、そこまで大量に用意していない。

あの小柄な少年は、自分が気に入った料理は物凄い勢いで食べるのだ。食べた分がどこに入っているのか謎なレベルで。痩《や》せの大食いとか食いだめとかで説明出来ないぐらいに。

「大丈夫ですよ、ユーリ。マグのお代わりは控えめみたいですから」

「そうですか？」

「ええ、ほら」

「あ、本当だ」

お代わりをして席に戻るマグが手にする皿を見て、悠利は納得した。皿に半分ほどしか入っていない。てっきり大盛りにしてくるかと思ったのだが、自制心が働いたのだろうか。

そんなことを思って首を傾《かし》げる悠利に、ティファーナは楽しそうに笑った。綺麗《きれい》なお姉さんがそうやって笑っていると眼福ものだ。……怒らせたらとても怖い人ではあるけれど。

「多分、そこまで物凄く気に入ったわけではないのだと思いますよ」

「ちょっと気に入ったからお代わりした、みたいな感じですか？」

「恐らく。……そうでなければ、レレイを放置したりはしないでしょうし」

「確かに」

ティファーナの言葉に、悠利は力一杯頷《うなず》いた。レレイの大食いを理解しているマグが、本当に気に入った料理で彼女に遠慮をするとは思えない。大皿争奪戦では全力を尽くすマグなので。

マグの中では物凄く気に入るか普通しかないと思っていた悠利なので、新しい発見だった。好みが広がっているのか、当人の反応が変化しているのかは解らないが、面白いなぁと思う悠利。

「ところで、海の家の焼きそばとは味が違いますけど、何故ですか？」

「ソースがないからです。ロカに売ってるか確認するべきでした……」

「あらあら。ユーリがそんな風に落ちこむなんて珍しいですね」

「ソース焼きそばも、好きなんです……」

調味料がなくて作れないというのは、とても悲しいことだ。少なくとも悠利にとっては。調味料さえあれば作れるのだからなおのこと。

そんなとても解りやすい反応をする悠利に、ティファーナは笑うだけだった。悠利らしいと思っているのだろう。確かに、とても悠利らしいので。

「あー！　レレイ、海老のいっぱいあるところばっかり！」

「ほえ？　あぁ、何かね、いっぱい取れた！」

「いっぱい取れた！　じゃないわよ、バカー！　具材も満遍なく残しなさいよ！」

「えー、何でヘルミーネそんなに怒ってるのー？」

「皆に行き渡るようにしろって言ってるのよ！」

いつも通りのテンションのレレイと、思いっきり怒っているヘルミーネ。声を荒らげて彼女が叫んでいる姿は、別に珍しくはない。珍しくはないが、こんな風にひたすら叫んでいるのは珍しかった。

何でだろうと首を傾げた悠利は、そこではたと気付いた。とても重要なことに。

「……クーレがいないからだ……！」

この世の真理に気付いてしまった顔だった。

同意を求めるように悠利《ゆうり》が視線を向ければ、ティファーナは麗しの微笑みで人差し指を唇に押し当てた。言わぬが花だと言いたげだった。

いつもならば、クーレッシュが的確にレレイにツッコミを入れて補佐している。だからヘルミーネがツッコミを入れる必要はない。しかし今日はそのクーレッシュがいないので、レレイの自由っぷりが際立つのだろう。

ただ、別にレレイも悪気があるわけではないし、悪いことをしているわけではない。少しだけ、ヘルミーネと意見が合わないだけだ。

二人と同じテーブルに着いているロイリスとミルレインは、慎ましく、……とてもとても慎ましく、無言で食事を続けていた。年下の自分達に口を挟む権利はないとでも言いたげに。

「……やっぱりクーレって、何だかんだで間を取り持ったり補佐するの、上手なんだなぁ……」

ノリが良くて楽しい友人の姿を思い浮かべて、悠利は思わず呟いた。クーレッシュは普段のノリが気楽なお兄ちゃんという感じなので気付きにくいが、視野が広くコミュニケーション能力が高いので、人間関係を円滑に進める潤滑油みたいな存在なのだ。

夜に戻ってきたらそのことを伝えて彼を労《ねぎら》おう。そんなことを思いながら、海鮮焼きそばを堪能する悠利なのでした。

なお、海鮮焼きそばを食べ損ねたイレイシアが、珍しく一度食べてみたいとわがままを口にしたのでまた近々作る予定を組み込む悠利だった。リクエストには応えたい派なので。

第二章　《真紅の山猫《スカーレット・リンクス》》の日常は賑《にぎ》やかです

「今日のお昼は僕とリヒトさんとお留守番のジェイクさんだから、そんなにたくさん作らなくても良いかなー？」

ある日の昼下がり、悠利はそんな独り言を口にした。

《真紅の山猫》のお昼は、日によって人数が物凄く変化する。悠利一人ぼっちのときもあれば、ほぼフルメンバーの日もある。夕飯は何だかんだで皆が揃《そろ》うことが多いのだが、お昼はやはり任務や修業の関係で人数の変動が著しいのだ。

そんなわけで、少人数のときのお昼ご飯は悠利にとっても色々とお試しメニューだったりする。メンバーを考えて作るのは事実だが、人数が少なければ好みに合わせやすいので。

ちなみに、リヒトもジェイクも食事に文句を付けることはない。また、特別食べられないものも存在しない。作る側としては非常にありがたく、同時に、これといった好物がないという意味では厄介な二人だった。

「小食のジェイクさんと、いっぱい食べるリヒトさんで調節出来るメニューって何かなぁ……？」

うむむと一人で唸《うな》る悠利。とても真剣に悩んでいた。

暑い季節、ただでさえ小食のジェイクの食欲は落ちている。そのジェイクでも食べられる料理とは何か、と考えているのだ。また、そうでありながら大食漢のリヒトの胃袋を満足させることも必要だ。難問だった。

リビングで服の修繕をしながら、悠利は一人メニューを考える。

とりあえず、朝食のサラダが残っているのでそれを使い回すのは決定だ。主食を米にするか、パンにするか、麺類《めんるい》にするか。主菜を肉にするか、魚にするか。何でも良いが一番困るんだよなぁと思う悠利だった。

いっそ、解りやすく好物とかがあれば、話は早い。人数が少ないときこそ、好物を作っても大丈夫なときなのだから。しかし、リヒトもジェイクも、解りやすい好物が存在しない二人なのだ。

「何を唸ってるんだ?」

「へ?　あ、リヒトさん。お帰りなさい」

「あぁ、ただいま。服の修繕中か。ユーリは忙しいな」

買い物から戻ったリヒトが、苦笑しながら告げた言葉に、悠利は首を傾げる。忙しいって何のことだろうと思うのだ。彼にとっては日常なので。

だから、悠利は手にした服と、隣に積み上げた服を見比べてから、けろりと答えた。

「裾《すそ》の解《ほつ》れを直したり、ボタンを付けたりするだけなので、そこまで手間じゃないんですよ？」

「それを皆の代わりにやってる段階で、忙しいだろ」

「そうですか?」

「そうだよ」

首を傾げる悠利に、リヒトはぽんぽんとその頭を撫《な》でて諭す。相変わらずだなぁと言いたげなリヒトに、悠利はやっぱり不思議そうな顔をしていた。

彼にとって、家事はイコールで趣味なのだ。だから、こうして服の修繕をしているのだって、好きなことをしているにすぎない。綺麗になった服を見てご機嫌になるぐらいだ。

とはいえ、確かに悠利が他者の負担を肩代わりしているのは事実だ。当人だけがそれを負担だと思っていないだけで。

言っても無駄だと解っているのか、リヒトはそれ以上その話題に触れなかった。悠利はふと思いついて、リヒトに向けて口を開いた。

「リヒトさん、お昼に食べたいものってあります？」

「は？」

「今日のお昼、僕とリヒトさんとジェイクさんの三人なんですよ。だから、何か希望があるならと思って」

突然の質問に驚いているリヒトに、悠利は重ねて説明をする。ついでに、素直に「メニューがなかなか考えつかなくて」と事情も伝えた。その説明で納得したのか、リヒトはしばらく考え込む。

基本的に、リヒトに食の好き嫌いは存在しない。少なくとも、人間の食べ物であれば文句は言わない。勿論《もちろん》、美味《おい》しい不味《まず》いという感想は持っているが、出された食事に文句を付けるような人物ではないのだ。

考えた末に、リヒトは悠利に一つリクエストを口にした。

「たらこパスタが食べたいな」

「たらこパスタですか？」

「あぁ。この前、ロカで美味しそうなたらこを買ってきたと言っていただろう？」

「はい、言いました。ちゃんとありますよ」

それは事実だったので、悠利は頷いた。とても美味しそうなたらこを見つけたので、買ってきたのだ。そういえばまだ使ってなかったなと思う悠利。なかなか使う機会がなかったので。

とはいえ、だからといって何でたらこパスタなんだろうと悠利は首を傾げた。確かにリヒトは以前たらこパスタを食べて気に入っていたが、あまりがっつりしたメニューではない。大食漢のお兄さんの希望としては珍しい気がするのだ。

そんな悠利の反応に、リヒトは笑顔で答えた。実に彼らしい理由を。

「たらこパスタなら、ジェイクも食べやすいだろう？　俺は足りなかったらパンを食べるし、二人はパスタの量を減らせば問題ないと思ったんだが」

「……リヒトさん、息をするように気遣いしますよね」

「そうか？　普通だと思うが」

「なかなか出来るものじゃないですよ、そういうの」

凄《すご》いです、と悠利は素直にリヒトを賞賛した。そんな反応をされると思っていなかったのか、リヒトが困ったように笑っている。

ちなみに、悠利の感動には物凄く実感がこもっていた。

食べたい料理のリクエストが出来るとなったときに、こんな風に一緒に食べる誰かのために配慮が出来る人は少数派だ。少なくとも、悠利のご飯に餌付けされている《真紅の山猫《スカーレット・リンクス》》の面々では。

「解りました。それじゃ、今日のお昼はたらこパスタにしますね」

「あぁ、楽しみにしてる」

「はーい」

また後でなと告げて去っていくリヒトを見送って、悠利は服の修繕に戻る。メニューが決まってしまえば、後は作るだけなので気が楽になるのだった。

そんなわけで、服の修繕を終えた悠利は昼食用のたらこパスタを作るために台所にやってきた。港町ロカで買い求めたたらこを、学生鞄《かばん》の中から取り出す。

立派なたらこだった。ぷりぷりとしており、そもそも一つの大きさが普段見かけるたらこより一回りは大きい。色は淡いピンクで、優しい色合いだが、味が濃厚なのは確認済みだ。味見をしてから買ったので、間違いはないだろう。

「さーて、まずはたらこをバラさなくっちゃー」

大きなたらこを縦に半分、ずばっと切る。そして、切ったたらこをボウルへ移動させ、菜箸《さいばし》で挟んで皮と身を分離させる。すすーっと上から下へ移動させると、実に簡単に身が外れる。最後に残ったペラッペラの皮は、そのまま口へぽいっと放り込んだ。

「んー、良い味ー」

捨てるには味が染みこんでいて勿体《もったい》ないので、悠利の胃袋にご案内されるのだ。ところどころ身が残っているが、ぷちぷちとした食感が楽しく、美味しさを増すだけだった。元が良いので、カケラを食べるだけでもその味がよく解る。

三人分とはいえ、リヒトはよく食べる。なので、悠利はせっせとたらこを分解するのだった。たらこパスタはたらこがたっぷり入っている方が美味しいので。

たらこを解《ほぐ》し終わったら、常温に戻したバターを入れて混ぜる。バターを入れるとコクが出るし、たらこがペースト状っぽくなるのでパスタと絡みやすいのだ。

ここまでは、以前作ったものと同じだ。今日はここに、もう一工夫を加える。

「青ジソー！」

冷蔵庫から取り出した大量の青ジソを、悠利は戦利品よろしく掲げた。ちなみに、葉っぱではない。茎ごとだ。わさっと葉っぱがいっぱいくっついた、畑に成っている状態に近い。

この状態だと、茎の部分に水を含ませておけば冷蔵庫でもそれなりに日持ちがする。お店で買う場合は葉っぱだけになっていることが多いのだが、収穫時はこんな感じだ。なお、何で悠利がそんな状態の青ジソを持っているのかというと、毎度お馴染《なじ》みの食材が豊富な採取系ダンジョン収穫の箱庭で手に入れたものである。

仲良しのお友達であるダンジョンマスターに「茎ゴト持ッテ帰ッテモ大丈夫ダヨ」と言われたので、遠慮なくハサミでじょっきんしてきたのだ。大量の青ジソにほくほくの悠利に、周りは何でそんなに喜ぶのかと不思議そうだったが。

青ジソは、さっぱりとした風味を加えてくれる夏の薬味だ。梅との相性もよく、梅味の何かを作るときには混ぜると良い感じになる。それ以外にも、ミョウガと一緒にサラダに使うと爽《さわ》やかだ。

そんな青ジソを、悠利《ゆうり》はたらこパスタに大量に投入することに決めたのだ。青ジソとたらこの相性は悪くない。悠利は手巻き寿司で、青ジソとたらこの二つを一緒に使うのが大好きだ。

後、お店のたらこパスタにも、青ジソが散らされていることは多々ある。刻み海苔《のり》の店もあるが、青ジソのお店もある。つまり、青ジソとたらこのコンビは間違っていないのだ。

「とりあえず、まずはみじん切りかな」

プチプチと青ジソの葉っぱを千切って使う分を確保しながら、悠利は小さく呟《つぶや》いた。呟いて、そして、じっとまな板を見る。これから、過酷な運命を背負うだろうまな板を、哀れむように。

……青ジソをみじん切りにすると、まな板が大変なことになる。具体的にいうと、まな板が青ジソの色に染まる。それはもう、見事に染まるのだ。

千切りぐらいならば良い。多少跡が付くぐらいだろう。しかし、悠利が今から挑戦するのはみじん切りなのだ。みじん切り。細かくひたすら切り刻む作業。必然的にまな板は青ジソの色素に敗北する。

そもそも青ジソは、手で千切るだけでも指先に色が移るのだ。少量ならともかく、大量の新鮮な青ジソを指で千切ったら、指の腹が黒ずむことがある。それが、青ジソの色素だ。青ジソパワー、恐るべし。

後、色だけでなく、匂いもそれなりに残る。薬味、和製ハーブという分類は伊達《だて》ではなかった。

「ごめんね、まな板……！　後でちゃんと、綺麗《きれい》に洗うから……！」

くっ、と悠利はまな板から視線を逸らした。……お前一人で何をやっているんだと言われそうだが、一人だからこんなコントめいたことをしているのだ。話し相手がいるなら雑談が出来るので。

そんな小芝居を挟みつつ、悠利はまな板の上で青ジソのみじん切りを作り出す。料理技能《スキル》が高レベルなのは伊達でない。あっという間にみじん切りは完成した。

最終的に細かくなれば良いので、切り方の順番などは割と適当だった。最後にみじん切りになっていれば良いのだ。多分。

みじん切りにした青ジソを、バターと混ぜたたらこペーストの中へと放り込み、混ぜる。全体に混ざるようにすると、たらこのピンクと青ジソの緑が良い感じの色合いになった。やはり、青物の色が入るとパッと鮮やかになる。

これで下準備は完成だ。後は、パスタを茹《ゆ》でて混ぜるだけでたらこパスタは完成する。

時計を見れば、良い感じの時間だった。どうせなら出来たてほかほかの美味しい状態を食べて貰《もら》いたいので、パスタを茹でる時間は重要だ。

鍋《なべ》にたっぷりのお湯を沸かし、塩を入れ、パスタを投入する。くっつかないようにトングでくるくると混ぜる。後は茹で時間に従って引き上げれば完成だ。

「……誰もいないし、頑張らないと」

茹で上がったパスタの鍋を見つめ、悠利は小さく呟いた。決意を固めるように鍋を流し台へと運び、置いてあるザルの上へと中身を流し入れる。

瞬間、ぶわりと立ち上った湯気に悠利は顔をしかめた。熱いわけではない。いや、触れたら熱いのだけれど。問題はそんなことよりも、真っ白に染まった視界である。

「……うぅ、曇り止め欲しい……」

しょんぼりとしながら、悠利は中身のなくなった鍋を置き、眼鏡を外す。もうもうと立ちこめる湯気の中、パスタは無事に全てザルの中に入っていた。一安心だ。

眼鏡っ子の悠利にとって、湯気は天敵だった。眼鏡が曇ると何も見えないからだ。なので、普段は他の誰かがこの作業をしている。

曇りが取れたのを確認すると、悠利は眼鏡を装着する。眼鏡がないと日常生活で困るぐらいには視力が悪い悠利なので、眼鏡が復活してくれないと困るのだ。これでやっと次の作業に入れる。

まず、何も入っていない大きなボウルにパスタを全て入れる。次に、そこにオリーブオイルを加える。そして、トングで満遍なく混ざるようにする。この作業をすることで、パスタが冷めてもくっつきにくくなるのだ。

今回は三人分にしては多い量を茹でたので、冷めた場合を考慮してこうやってオリーブオイルを混ぜている。たらこの方にバターが入っているので、その油分でも多少はコーティングされるのだが、念のためだ。

オリーブオイルでのコーティングが終わったら、熱々のパスタをたらこの入ったボウルへと移動させる。温かいパスタが入ることでバターが良い感じに溶け、たらこペーストが麺に絡むのだ。たらこと青ジソに多少火が通ってしまうが、そこはご愛敬だ。それに、たらこは半生の状態をキープ出来ているので問題ない。悠利が食べたいのは生たらこパスタだし、リヒトに以前提供したのもこの作り方なので、今回もたらこに火は完全に入れない方針だ。

全体をしっかりと混ぜ合わせれば、パスタは完成だ。人数分の器に盛りつけて、別に千切りにした青ジソをぱらぱらと。ピンクが印象的なたらこパスタに、鮮やかな緑が加わった。

……なお、ペーストに混ぜたみじん切りの青ジソは、火が入ってしまって色が濃くなっている部分もある。しかし、ペーストに混ぜることにより全体に青ジソの風味が行き渡るので、味は良いはずだ。多分。

試しに一口味見をしてみる悠利。ちゅるんと口の中にパスタが入る。味付けはたらことバターのみだが、そのシンプルな味付けでも何も問題はなかった。あと、やはり青ジソの風味が生きている。爽やかだ。

「よし、これでオッケー」

喜んでくれるかなぁとうきうきする悠利。パスタが冷めてしまっては美味しくないので、洗い物は後にすることにした。どうせ人数が少ないので、洗い物も少ないのだ。食後に回しても問題はないだろう。

勿論、そのまま放置しておいては汚れがこびりついて取れなくなるので、しっかりと水を張っておく。食後の自分に頑張れとエールを送りつつ、悠利はいそいそと配膳《はいぜん》を進めた。

本日のメニューはたらこパスタとサラダ。シンプルすぎるかもしれないが、一応リヒトのリクエストには応えている。それに、小食のジェイクはあまりおかずを増やしても食べきれない可能性があるので、品数を増やすのは止めたのだ。

悠利が配膳を終えた頃、まるでタイミングを見計らっていたのかと思うほどぴったりの時間に、リヒトとジェイクが食堂にやって来た。正確には、リヒトがジェイクを連れてきたようだ。

「二人とも、時間ぴったりですね」

「ジェイクが本の虫になってたから、連れてきたぞ」

「流石《さすが》リヒトさんです。ありがとうございます」

「いやー、リヒトは優しいですよねぇ」

のほほんとした口調のジェイクを、悠利はじっと見た。不思議そうに首を傾《かし》げるジェイク。そんな彼に、悠利は大真面目な顔で告げた。

「良いですか、ジェイクさん。リヒトさんが特別温厚で優しいだけなんですから、あんまり迷惑かけちゃダメですよ」

「何で僕はそこまで真剣に怒られないといけないのか」

「あー……、まぁ、他の奴らに迷惑かけるよりは、マシだと思ってるからな、ユーリ」

「えー……。リヒトさん、あんまり甘やかしちゃダメですよ。ジェイクさんだって、日常生活はちゃんと送れるようにならないと」

「まるで僕が日常生活をちゃんと送れていないみたいな言い草！」

論すような悠利の言葉にジェイクは異論を唱えた。彼には彼の言い分があるのだろう。しかし、それに対する悠利とリヒトの反論は息ぴったりだった。

「「送れてないから」」

「えぇえええ……」

ちゃんと生きてるのに、とぼやくジェイク。生きているだけではきちんと日常生活を送っているとは言えないので、どう考えてもギルティである。リヒトも悠利も、そこを譲歩するつもりはなかった。

そもそも、気を抜いたらアジト内で行き倒れている男が、きちんと生活出来ていると言わないでほしい。どう考えても間違っている。

それ以上問答をしても無駄だと思ったのか、悠利は二人を席へと促す。ピンクが鮮やかなたらこパスタは、どれが誰の分か一目瞭然《いちもくりょうぜん》な感じで盛りつけられていた。具体的には、リヒトのは大盛り。悠利のは普通。ジェイクのは気持ち少なめだ。胃袋の大きさに合わせてある。

「いただきます」

「「いただきます」」

悠利が手を合わせて告げると、リヒトとジェイクがそれに続く。いつもの食前の挨拶《あいさつ》を終えたら、食事開始だ。

パスタを食べやすい量フォークで取り、口の中へ。麺《めん》に絡んだたらこと千切りの青ジソも一緒に頬張れば、口の中で風味豊かな旨味が弾ける。たらこの塩気、バターのコク、青ジソのさっぱりとした風味が合わさって、食欲をそそる。

また、半生状態のたらこのぷちぷちとした食感も楽しい。ところどころ刻んだ青ジソがアクセントを添えている。シンプルであっさりとした味付けだが、だからこそ箸《はし》が進む味だった。

「前回のも美味《おい》しかったが、今回のはまた格別だな、ユーリ」

「そう言ってもらえると嬉《うれ》しいです」

「たらこが美味しいのもあるけど、この青ジソが良いな。夏っぽい」

「ですよねー。青ジソが入るだけで風味が変わるので」

リヒトの感想に、悠利はにこにこと笑った。青ジソは薬味なので、好き嫌いは分かれるだろう。しかし、リヒトもジェイクも青ジソを嫌っていないので、大量に入っていても嫌がられないのだ。むしろ、その風味を楽しんでくれている。

港町ロカで買い求めた見事なたらこも、収穫の箱庭でダンジョンマスターから貰ってきた美味しさが凝縮された青ジソも、とても良い仕事をしている。バター以外の味付けを加えていないのに、濃厚な旨味が口いっぱいに広がるのだから、素晴らしい。

魚卵を忌避する人もいるので万人受けするとは言えないが、悠利にとっては美味しいご飯だ。そして、密かにたらこを気に入っていたらしいリヒトにとっても。

ジェイクはどうだろうかと視線を向ければ、小食であるはずの学者先生は、美味しそうにたらこパスタを食べていた。どうやらお気に召したらしい。

「ジェイクさん、たらこ好きでしたっけ？」

「酒のつまみに炙《あぶ》ったのを食べることはありましたよ」

「普段はあんまり食べてませんでしたよね？」

「食べてませんねぇ。いやほら、ライスが進むと言われると、他のものが食べられなくなるので」

「……なるほど」

生たらこは白ご飯が美味しく食べられるというのは、共通認識だ。悠利はおにぎりの具材にすることもある。なお、焼きたらこや生たらこを真ん中に入れるバージョンと、生たらこを混ぜご飯にするバージョンがある。

しかし、そんな風にご飯が進むおかずとなると、小食のジェイクにはある意味鬼門だったらしい。主に、調子に乗って白米を食べ過ぎて、おかずが入らなくなるという意味で。どうやら自分で自制していたらしい。

なので、今日はどーんとたらこパスタが用意されていたので、うきうきしながら食べているらしい。それならそうと言ってくれたら、もっと早くに作ったのにと思う悠利だった。

「ジェイクさん」

「何ですか？」

「食べたいもののリクエストがあったら、遠慮しないで言ってくださいね」

「え？」

「よく食べる人達は、割と何でも食べるんで。小食の人のリクエスト、受けつけてますよ？」

茶目っ気たっぷりに告げた悠利に、ジェイクは一瞬ぽかんとした。けれど、すぐに破顔する。君は本当に優しいですねぇと笑うジェイクに、悠利はにこにこ笑うだけだった。誰かが自分の作ったご飯を喜んで食べてくれることが、悠利にとっては嬉しいことなのだから。

そんな二人ののんびりとしたやりとりを余所《よそ》に、ぺろりと大盛りを平らげたらしいリヒトが、お代わりをよそいに行っていた。あらかじめお代わりはご自由にと悠利《ゆうり》に言われているので、遠慮なくお代わりをしていた。よく食べるお兄さんである。

この調子なら、多めに作ったたらこパスタは完食してもらえるかなと思う悠利。残ったら残ったで誰かが食べるだろうが、やはり温かい間に完食してもらえるのはありがたい。作って良かったなぁと思う悠利だった。

もぐもぐとたらこパスタを食べながら、他にもたらこパスタを喜ぶ人がいるのかを考える悠利。そもそもたらこをあまり提供していないので、誰が喜ぶのかが解らなかった。……なお、割と何を出してもご機嫌で食べるレレイは別だ。

魚卵なので、海鮮大好きな人魚のイレイシアは喜ぶかもしれない。同じく、海鮮を好むヤクモも。あの二人には一度聞いてみようかなと思う悠利だった。青ジソを入れても大丈夫かもちゃんと確認して。

そうやって、食べてくれる誰かのことを考えて料理をするのが、今日もとても楽しい悠利でした。美味しいを喜んでくれる人に囲まれるのは、幸せなことなので。

なお、青ジソのみじん切りに敗北したまな板は、主のピンチに張り切ったルークスによってピカピカにされた。出来るスライムは今日も優秀です。

◇◇◇

「それでは、お勉強を始めますよー。皆さん、解らないことがあったら質問してくださいねー？」

「「はーい！」」

「はい、良いお返事です。では、始めましょうか」

いつも通りのおっとりとした笑みを浮かべるジェイクの前で、見習い組の四人は元気よく返事をした。お勉強の時間と言いつつ、漂う空気はのんびりとしていた。それもこれも、先生役がジェイクだからに他ならない。

座学の場合は彼が指導することが多いのだが、いつもこんな風にのほほんとしていた。本人の性質のせいかもしれない。

とはいえ、のんびりとした雰囲気だからといって、授業の内容がいいかげんかというと、全然そうではない。ジェイクは、流石は有名な研究所に所属していただけあって、博識だ。その知識の幅は、ちょっと意味が解らないレベルで多種多様。そして彼は、その知識を解りやすく伝える能力に長《た》けていた。

早い話が、子供に説明するのが上手《うま》い。噛《か》み砕《くだ》いて、解りやすく説明することが出来るというのは、なかなか身につかない能力だ。彼はそれを持っているので、そういう意味でも座学の適任者と言えた。

……普段は日常生活で行き倒れる感じのダメ大人だが、得意分野におけるジェイクの優秀さは事実だ。そうでなければ、指導係として《真紅の山猫《スカーレット・リンクス》》に所属してなどいない。

何も反面教師だけが彼の役目ではないのだ。

「今日の学習内容は、ヴァンパイアとダンピールについてです」

「ジェイクさん」

「はい、何ですか、ウルグス」

「議題がダンピールなのでマリアさんがそこにいるのは解るんですけど、何で俺らの隣にユーリがいるんですか？」

授業を受ける態度として正しく、挙手をして呼びかけるウルグスに、ジェイクは笑顔で発言を許可した。そしてウルグスは、自分の感じている疑問を口にするのだった。

なお、他の三人もウルグスに同意見だったのか、こくこくと頷《うなず》いている。修業中の身である見習い組の横に、どうして修業に一切関わらないはずの悠利がいるのかが解らないのだろう。

マリアは助手よろしくジェイクの隣で妖艶《ようえん》に微笑《ほほえ》んでいるが、そちらは理由が理解出来るのでスルーされている。

そんなウルグスの質問に、ジェイクはぽんと手を叩《たた》いて答えた。そういえば説明をしていなかったとでも言いたげに。

「ユーリくんは、一緒に勉強したいと言ったので、今日は特別参加です。ちゃんとアリーの許可も取ってありますよ」

「邪魔はしないから安心してー」

「「……何で？」」

ジェイクのさらっとした説明と、悠利のほわーっとした一言に、見習い組は首を傾げた。特別参加も、アリーの許可が取ってあることも理解出来たが、そもそも何で悠利が参加しているのかさっぱりだ。何が悠利の興味を引いたのか、彼らには解らなかったので。

そんな一同に、悠利は真面目くさって答えた。なお、彼はいつだって大真面目に生きている。真剣だ。そうは見えない感じでほわほわしているが。

「あのね、ヴァンパイアはともかく、ダンピールの性質についてはしっかり理解しておいた方が良いかなと思ったんだ」

「「……」」

「マリアさん対策に！」

「「納得した！」」

ぐっと拳《こぶし》を握った悠利の言葉に、四人は腑《ふ》に落ちたように叫んだ。マリアは悪人ではないがダンピールゆえに面倒臭いことも多々ある。その彼女への対策として、ダンピールという種族について学びたいと言う悠利の考えは、十分理解出来るものだったのだ。

敵を知り己を知れば百戦危うからず、という言葉もある。知っていればそれに応じた対応が出来るのも真理だ。なので、どうして悠利が同席しているのかという謎は解けた。

なお、そんな扱いをされたマリアはといえば——。

「あらやだぁ〜。そんなに警戒しなくても大丈夫よぉ〜」

口元に手を当てて、楽しそうにころころと笑っていた。そんな仕草一つ、口調一つとっても妖艶で、身に纏《まと》うちょっと露出気味な服装とあいまって、少年達はそっと目を逸らすのだった。……悠利は除く。

マリアは己の見た目をきちんと理解しているので、それを最大限に活かす装いや振る舞いをしている。それは悪いことではない。ただ、思春期の少年達には少しばかり刺激が強いのだ。セクシーすぎて。

そして、マリアのその台詞《せりふ》を素直に受け取れない悠利達だった。ダンピールだからなのかマリアは血の気が多い。ついでに身体能力お化けだ。そんな彼女の暴走を警戒するのは、未熟な少年達にとって当然なのである。

……そう、悪気なく放った一撃で、大怪我《おおけが》をさせられてはたまらないという意味で。

「はい、皆さん納得しましたね？　では、勉強を始めますよー」

「「はーい」」

仕切り直すようにジェイクが宣言し、悠利を含めた少年達が返事をする。実に微笑ましい光景だった。

「まず、ヴァンパイアの特性から勉強しましょうか。ではウルグス、ヴァンパイアの性質として知っていることはありますか？」

「えーっと、細身なのに怪力で、血を吸わないと力が出なくて、日の光に弱い？」

「ふむふむ。では、カミールはどうですか？」

「男も女も色気たっぷりの美形が多いって聞きました。後はー、夜型？」

ウルグスとカミールは自分が知っている範囲の知識を答える。ジェイクはそれににこにこ笑いながら頷いている。正解か不正解か解らない感じだ。

顔を見合わせて、そうだよな？　とお互いに確認し合うウルグスとカミール。そんな二人の隣で我関せずという顔をしているマグに、ジェイクは視線を向けた。

「マグは、何かありますか？」

「……？」

「ヴァンパイアについてです」

「……長命？」

これは自分が答えないといけないやつかとやっと理解したマグは、首を傾《かし》げながら一言呟《つぶや》いた。寿命が長いと言いたいのだろう。ジェイクはちゃんと答えたマグを褒めるように一つ頷いた。

マグの隣のヤックは、知らないと言いたげに首を左右に振る。今出た意見以上の知識はヤックにはないのだ。そんなヤックに倣うように、悠利も首を左右に振った。

そんな二人に笑顔を向けると、ジェイクは解説を始めた。

「今の答えは概ね正解ですが、少し補足しておきますね」

ジェイクの言葉に、少年達は真剣な顔でこくりと頷いた。すちゃっと全員がペンを構える。聞いた内容をメモすることで役立てるのだ。

なお、皆が使っているのは悠利が提供したノートの切れ端だった。無限供給出来るようになったノートなので、仲間内で有効活用しようと思ったのだ。実際、罫線《けいせん》と細かいマス目の入ったノートは使いやすいので。

そんなわけなので、悠利が使う筆記用具は自前のシャーペンだった。万年筆っぽいこの世界のペンはどうにも使いにくいのだ。一同は、悠利が私物を使っていても気にしない。悠利だし、という扱いだった。安定の悠利。

「ヴァンパイアは筋組織が我々人間とは構造が違うようで、見た目の割に力があります。ただし、どれほど鍛えても逞《たくま》しくはなりません。それもあって、細身の美形が多いということになりますね」

「ムキムキマッチョのヴァンパイアはいないってことですか？」

「いませんねぇ。ヴァンパイアもダンピールも、マッチョにはならないんですよ」

「そう見えないのに力持ちって凄《すご》いですねぇ」

ジェイクの説明に質問をした悠利は、与えられた答えに感心したように呟く。ちらりと一瞬マリアを見るのは、彼女もほっそりとしているのに馬鹿力だからだ。悠利に向かってひらひらと手を振る妖艶美女が、リヒトに腕相撲で勝てるお姉さんだとは思えないので。

「続けますね。血を吸わないと力が出ないというのは、血液に含まれる何らかの成分がヴァンパイアの健康に必要だから、という説があります。ただ、あくまでも補助的なものらしく、ワインやトマト類など、一族によって吸血衝動を抑える手段はあるようです」

「何でワインやトマトなんですか？」

「解りません」

「即答⁉」

カミールの質問に、ジェイクはさっくりと答えた。迷いのない笑顔のお返事だ。打てば響くように返されて、カミールは思わず叫んだ。

悠利達もえぇーという顔をしている。マリアを見るが、ダンピールである彼女は当事者であるにもかかわらず、首を傾げていた。彼女だって、トマトで戦闘本能が抑えられるという性質を持っているのに。

「まだまだ謎が多いんですよ。何しろ、ヴァンパイアは長命種なためか気難しく、なかなか被検体になってくれないので」

「被検体って言った……」

「目の前にいたら嬉々《きき》として調べるのかな……」

「……変人」

「「マグ……ッ」」

ぼそぼそと会話をしていた悠利達だが、マグがストレートに呟いた一言に、咎《とが》めるようにその名を呼んだ。見事なハモりだった。

そんな少年達の反応に、ジェイクは首を傾げた後に、さらっと答えた。

「あ、僕はヴァンパイアにもダンピールにも興味はありませんよ。あったらもっとマリアを質問攻めにしてますからねー」

「「……」」

にこにこ笑顔の学者先生に、あんまり安心出来ないと思った一同。興味が向いたら本当にやりかねないところが。

とはいえ、今は勉強が本題なので、雑念を振り払って悠利《ゆうり》達は意識を切り替える。勉強は大事だ。

「夜型と日光に弱いという部分ですが、夜型は少し違います。必要に迫られて夜に活動することが多かっただけで、本来は我々と同じ昼型です」

「へ？　そうなんですか？」

「えぇ。そして、日光に弱いのは何もそれで滅ぶとかではありません。単純に彼らは日焼けに弱いんです。肌が弱いと言いますか」

「「肌が弱い」」

想像していたヴァンパイアの生態からかけ離れた説明を聞いてしまい、思わず反芻《はんすう》する少年達。日光に晒《さら》されたら手傷を負うような夜闇の生物を想像していたら、何故《なぜ》かいきなり物凄《ものすご》く庶民的な理由が飛び出した感じだった。

そこで、悠利がハッとしたように口を開く。今のジェイクの発言で、閃《ひらめ》いたのだ。

「もしかして、色が白いからですか？　肌の色が白いと、日光を強く受けて必要以上に日焼けをしてしまうと聞いたことがあるんですけど」

「ユーリくん、正解です。よく知ってましたねー」

「日焼けはそもそも火傷《やけど》の一種だから、程度がすぎると大変なことになるって聞いたことがあるんです」

「それも正解です。つまり、日焼けが重症化しやすい肌の白さゆえに、ヴァンパイア達は日差しの強い時間に外に出なかったわけです。なので、必然的に早朝や夕暮れに行動を起こすため、夜型だと思われたようですね」

にこにこ笑顔で続けられた説明を、きちんと書き取る見習い組。しかし、その顔には微妙な表情が浮かんでいた。神秘的な生き物がいきなりご近所さんレベルになった感じだった。何だろうこの微妙な感情と彼らは思った。

ちなみに、悠利が日焼け云々《うんぬん》を知っていたのは、色白だと普通よりも日焼けがヒドくなるのを見たことがあるからだ。テレビでも、肌の白い人は真っ赤に日焼けをして大変だと言っていた。

また、日焼けが火傷であることは親から何度も何度も言い聞かされていたのだ。調子に乗って肌を焼いて黒くなるのを楽しむのは止めなさい、と。日焼けは火傷と同じで、肌を傷めているのだから、と。

「長命も事実です。ヴァンパイアは寿命が長く、また、青年期で外見の成長が止まるという特徴もあります」

「それってどういう意味なんですか？」

「解りやすく言うと、ヴァンパイアには年寄りがいません。少なくとも、我々が想像するような外見の年寄りは、皆無ですね」

「……爺《じい》さん婆《ばあ》さんがいないってことですか？」

「ウルグス、正解です」

不思議ですよねぇとのんびりと告げるジェイクに、少年達は頭の上に疑問符《ハテナマーク》をひたすらに浮かべた。何だそれ、と思ってしまったのだ。年を重ねれば外見が老化するだろうに、それがないとはどんな生物だ、と。

しかし、それが事実なので致し方ない。細かいことを気にしてはいけない。種族が違えば性質が異なるのは当然なのだから。

「ただし、ヴァンパイアは生まれにくいというのもあります。ヴァンパイア同士では子供が出来にくく、他種族との間に生まれた子は他種族として生まれるか、ダンピールとして生まれます」

「ダンピールはヴァンパイアに近いと思うんですけど、何か明確な違いはあるんですか？」

悠利の質問に、ジェイクはにこやかに微笑んだ。そして、傍らのマリアを示して告げる。

「マリアはダンピールですが、ヴァンパイアではありません。なので、ヴァンパイアの長命も一定年齢以上で成長が止まる性質も受け継いでいません。後、日光に対する極端な弱さもですね」

「ふむふむ」

「逆を言えば、それらを兼ね備えて生まれた者はヴァンパイアです。吸血衝動も持ち合わせます」

「はいはい！　ダンピールは血は吸わないんですか？」

カミールが手を挙げて疑問を口にする。マリアは血の気が多く、戦闘衝動に駆られるとトマトジュースを飲んで落ち着かせているが、その彼女が血を求めたことはない。ダンピールは個別で引き継ぐ性質が違うことは聞いているが、吸血衝動に関してはどうなのかと思ったのだ。

ジェイクはマリアへと視線を向ける。水を向けられたマリアは、にこにこと微笑《ほほえ》みながら口を開いた。

「血が欲しいと思ったことはないわねぇ。血を浴びるほど暴れたいと思ったことはあるけれど」

「「マリアさん、物騒」」

「あら、ごめんなさぁい。吸血衝動はないけど、狩猟本能と戦闘本能は受け継いじゃったみたいなのよ〜」

別のを受け継がなかっただけマシなんだけど〜とマリアは軽く言う。軽く言っているが、彼女が受け継いだものでも大概だ。

怪力と、狩猟本能と戦闘本能。トマトジュースで幾ばくか落ち着くとはいえ、血の気の多さと馬鹿力がタッグを組んでいるとか、普通に恐ろしい。

「吸血衝動がダンピールに受け継がれないのは、彼らが肉体的にはヴァンパイアと異なるからです。吸血は、ヴァンパイアにとって健康を維持するためと言われています。ダンピールは他種族の肉体を持っているので、その必要がないのでしょうね」

ジェイクの説明に、なるほどと納得する少年達。確かに、必要ないなら受け継ぐこともないのだろう。とりあえず、仲間に血を狙われる危険性は回避出来るので一安心だった。

そこでふと、悠利は気になったことを思い出した。マリアが口に出した、別のというのは何だろう、と。口振りからして、こちらも本能に根ざしたものなのだろうが。

「マリアさん」

「何かしらぁ？」

「受け継がなかった別のって、何ですか？」

悠利の質問に、マリアは不思議そうに小首を傾げた。そして、にっこりと笑って告げる。

「性衝動よ」

妖艶《ようえん》美女のお姉さんがお色気たっぷりで呟いた一言に、少年達は全員顔を引きつらせた。ついでに、身体《からだ》が後ろに下がってしまう。何かこう、聞きたくなかった一言だったので。

そんな悠利達にお構いなしに、マリアはのんびりと説明を続ける。

「発情期に近いと言えば解るかしらぁ？　本能がそういう風になってるのか、相手が欲しくてたまらなくなるらしいのよぉ」

「「……」」

「勿論《もちろん》、ちゃんとした相手以外に何かをするのは犯罪だから、大きな町にはヴァンパイアやダンピール御用達のそういうお店があるんだけれど〜」

「そういうお店？」

「ええ、大人のお店よ」

悠利が反芻すると、マリアはこくりと頷《うなず》いた。

ヴァンパイアやダンピールを相手にする水商売の店があるのだ。勤めているのもヴァンパイアやダンピールが多く、また、それ以外の種族でも彼らの性質を理解したスタッフばかりだという。薬で無理に抑制すれば負担が大きいので、合法的にそういう店が設けられているのだ。

マリアが続けた説明を、悠利は神妙な顔で聞いていた。確かに種族特性が影響しているならば、そういった措置も必要になるのか、と。

対して、見習い組は顔を真っ赤にして視線をうろうろさせていた。妖艶美女のお姉さんの口から出てくる言葉なので、更に彼らを困惑させるのだろう。マリアは何一つ気にしていないし、むしろ普通の会話をしているつもりなのだろうが。

圧倒的なお色気というのは、実に罪作りだった。

「色々なお店があるんですねぇ」

「そうよ～。あ、そうだわ。良かったら今度一緒に行ってみる？」

「へ？」

「ユーリなら、お店の姉さん達も可愛《かわい》がってくれると思うわよ～」

うきうきと話すマリア。彼女の中で悠利はきっと、愛《め》でる対象としてカテゴライズされているのだろう。お店のお姉さん達の可愛がるも、普通に子供を可愛がる方向の意味で口にしている。

しかし、である。

そう、しかし。悠利は未成年だ。未成年を、大人のお店に連れて行こうとするのは教育上よろしくはない。

なので――。

「マリアー、ダメですよー」

「ふがっ⁉」

「鞭《むち》⁉」

のんびりとした口調でマリアを咎めるジェイク。変な声を上げるマリア。そして、目の前にいきなり鞭が飛んできてマリアの口をぐるぐる巻きにした光景を見た悠利の、驚愕《きょうがく》の声が重なる。

見習い組はまだ先ほどのマリアの発言の衝撃から立ち直れずに、顔を見合わせてぼそぼそと喋《しゃべ》っていたので、気付かなかった。嬉々《きき》として話していたマリアの背後に立ったジェイクが、当然のように愛用の鞭を振るってマリアの口を封じたのだ。

もがもが言いながら、マリアは背後を振り返る。彼女の力ならば、この鞭を引きちぎることは簡単だ。けれど彼女はそれをしない。自分が何か失敗をしたと理解しているからだ。

マリアが大人しくなったのを確認して、ジェイクは鞭を外す。そして、普段と異なる大真面目な顔で口を開いた。

「マリア、ヴァンパイアやダンピールの性質について説明するのも、そのためにどんな施設があるのかを説明するのも、構いません」

「はい」

「ですが、そこへ未成年を連れて行こうとするのは、いただけません」

「はい。……あ」

「思い出しましたか？　ユーリくんは成人も近い少年ですよ？」

「そうでした……」

「……え？」

うっかりしていました、すみませんとマリアが何度も何度も頭を下げる。ジェイクはそれで彼女に自分が言いたいことが通じたのだと理解して、穏やかに笑っている。

問題は、悠利だ。

今のジェイクの発言と、それにハッとしたマリア。二人の反応が、何やら引っかかったのだ。どういう意味だろうと二人を見比べる悠利。

そんな悠利の肩を、ウルグスとカミールが両サイドからぽんぽんと叩《たた》いた。

「ウルグス？　カミール？」

「お前、絶対子供だと思われてた」

「それも、アロールより年下枠」

「え？　え？」

「アロールより年下ってそれ、幼児じゃん……」

「ヤック、正解」

「えぇぇぇぇぇ!?」

楽しげに盛り上がる三人に、悠利は思わず叫んだ。何で、どうして、と理不尽を訴えている。彼は確かに小柄で童顔だが、一応十七歳の男子高校生なのだ。成人年齢が十八歳のこの世界において、もうすぐ大人の仲間入りをするお年頃なのである。

なのに、扱いが幼児。あまりのことに叫ぶしかない悠利だが、誰もフォローしてくれなかった。ジェイクとマリアは二人で話をしていて聞いてくれない。ウルグス達も三人で盛り上がっているので、悠利《ゆうり》を放置だ。ヒドい話である。

しょんぼりと肩を落とす悠利の背中を、マグがぽんぽんと叩いた。悠利は驚いて振り返る。個人主義のこの少年が、もしや自分を励ましてくれるのだろうかと。

そんな悠利に向けて、マグはきっぱりと言い切った。

「雰囲気、子供」

「……はい？」

「子供。愛される」

「……ウルグス！　ウルグス！　通訳ぅううう！」

「毎度毎度、通訳言うな！　今回は割と解りやすかっただろ！」

「どこが！」

解らないよと叫ぶ悠利と、同意するように頷くカミールとヤック。マグは不思議そうに首を傾げ、ウルグスは面倒そうに頭を掻《か》いていた。

確かに、いつもより多く喋っているが、それでも悠利には意味が解らないのだ。いや、訂正しよう。ウルグス以外には、意味が解らない。彼は安定の通訳だった。

「ユーリの雰囲気が子供っぽくて、子供にしか見えなくて、でもだから皆に愛されてるんだから、気にするなって」

「毎回思うけど、ウルグスってマジで凄《すご》いな……」

「オイラもそう思う……」

何であの単語でそこまで読み取れるんだろうと感心するカミールとヤック。当人は普通の顔をしているし、通訳された側のマグがツッコミを入れていないので正しいのだろう。しかし、やはり、どう考えても特殊能力にしか思えない理解力だ。

そして、悠利は、マグの発言内容を頑張って頑張って咀嚼《そしゃく》して、そして、へにゃりと泣きそうな顔になりながら呟《つぶや》いた。

「結局マグも、僕が子供扱いされたことに関して、肯定しかしてない……」

「「それは仕方ない」」

「仕方なくないよ！　僕、十七歳だよ！」

流石《さすが》に幼児じゃないよ！　と叫ぶ悠利。けれど、誰一人としてその言い分には耳を貸さなかった。今更だったので。

悠利のぽわぽわした雰囲気は、どうにも周囲を和ませる。そして、和まされた側の中で悠利の年齢がどんどん下がってしまうのだ。愛でて可愛がるお子様枠に収まってしまう程度に。

そんな風に賑《にぎ》やかな悠利達の耳に、パンパンと手を叩く音が響いた。振り返れば、ジェイクがのんびりと笑っている。

「はいはい、少し脱線しましたけど、勉強の続きに入りますよ～」

「「はーい」」

「質問はどんどんしてくださいね」

「「はい！」」

間違えても大丈夫ですよと笑うジェイクに、元気よく返事をする悠利達。楽しい楽しいお勉強の時間は、まだまだ続くのでした。

なお、失言をしたマリアはアリーに説教されたが、悠利が労《いたわ》るように用意したトマトジュースですぐに元気になるのだった。割と単純なダンピールのお姉さんです。

◇◇◇

「よし、とりあえずトマト料理を作ろう」

「ユーリ、いきなりどうしたの？」

「えー？　だって、マリアさんが唸《うな》ってるから、トマト料理必要かなって……」

「……あー……」

悠利の発言に、ヤックは遠い目をした。

彼らの視線の先では、台所で不機嫌そうに唸っている絶世の美女がいた。妖艶美人と言っても過言ではない見た目のマリアは、そのお色気満載といった雰囲気を裏切り、ゴリゴリの武闘派だった。武闘派どころではない。どう考えてもバトルジャンキーだ。

勿論、マリアだって意味もなく仲間達に襲いかかるようなことはしない。よっぽど戦闘本能が抑えられなくなった場合は別だが、それでも普段はそれなりに制御をしている。後、トマトやトマトジュースを与えると大人しくなる。

今日は確か何らかの仕事をしに外に出ていたはずなのだが、戻ってきてからずっとあんな感じで唸っている。トマトジュースを飲んでいるけれど落ち着かないらしい。もとい、トマトジュースで抑えているから唸る程度で収まっているのだ。

なので、そんなマリアに追いトマトをする方が良いと判断した悠利だった。丁度美味《おい》しいトマトをたくさん買ってきたので、夕飯に一品加えても問題ないと判断したのだ。

「と、言うわけだから、トマトの玉子炒《いた》めを夕飯のメニューに追加します」

「トマトの玉子炒め？」

「簡単で美味しいよ。名前のままなんだけどね。トマトを炒めて玉子と絡めるだけっていう」

「本当にそのまんまだった」

思わず呟いたヤックに、そのままなんだよねぇと悠利は笑う。しかし、実際お店のメニューでもトマトの玉子炒めとして書かれていることが多いので、細かいことを気にしてはいけない。むしろ、解りやすくて良いはずだ。

「必要なのはトマトと玉子だけだから、簡単なんだよ」

「へー。他に具材はいらないんだ？」

「うん。少なくとも僕は入れないかな」

のほほんと笑いながら、悠利は冷蔵庫から取り出したトマトを流しに置いていく。悠利がトマトを運んだはしから、ヤックはせっせとトマトを水洗いしている。助手も板に付いてきている。

トマトを洗いながら、傷ついた部分や汚れがないかをしっかりと確認する。幸い、皮に目立った傷はなかったので、そのままな板の上に置いていく。まるで流れ作業のようだ。

「トマトは、あんまり小さく切ると崩れちゃうから、くし形にするね」

悠利は慣れた手付きでトマトをくし形に切っていく。切ったトマトはフライパンに直接放り込む。あっという間にフライパンが真っ赤になった。

トマトの玉子炒めなので、準備するのはトマトと玉子。つまり、次に準備するべきなのは玉子だ。

「ユーリ、この玉子、普通に混ぜて大丈夫？」

「大丈夫だけど、その前に味付けするから待ってー」

「了解ー」

ぱかぱかと注ぎ口の付いたボウルに玉子を割っていたヤックの質問に、悠利はストップをかけた。玉子を混ぜるために菜箸《さいばし》に手をかけていたヤックは、素直に動きを止める。

ヤックが止まったのを確認して、悠利はボウルの中へと調味料を入れていく。本日使うのは顆粒《かりゅう》の鶏ガラ、塩をメインに、胡椒《こしょう》や醤油《しょうゆ》も少しずつ。気持ちしっかり目に調味料を入れる悠利を、ヤックは不思議そうに見ていた。

「ユーリ」

「なーにー？」

「そんなに調味料入れたら、味が濃くならない？」

「トマトと混ぜるから、少し濃いめの味付けにしてるんだよ」

「あ、そうなんだ」

「そうなんだよー。トマトは水分が多いしね」

「なるほど」

疑問が解けてすっきりしたのか、ヤックは満足そうに頷《うなず》いた。そんなヤックに、悠利はにこにこと笑っている。ヤックの成長が解って嬉《うれ》しいのだ。

そう、ヤックは成長していた。悠利が調味料を入れるのを見て、それが入れすぎだと思えるようになっているのだ。大進歩だ。目分量で入れられている調味料がいつもより多いか少ないかを判断出来るのは、彼が料理に馴染《なじ》んだ証拠である。

勿論《もちろん》、トレジャーハンターを目指す見習いであるヤックに、本格的な料理の知識など必要ない。必要ないが、自分のことは一通り出来てこそだ。そういう意味では、料理の腕が上がるのも悪いことではない。

何せ、独り立ちしたとして、野宿のときには自炊を強いられる。また、拠点を手にしたとして、炊事当番が回ってくる可能性はある。そういう意味でも、ヤックの成長は褒めるべきものだ。

閑話休題。

「それじゃ、玉子をしっかり混ぜます」

「おー」

頑張ってねと言われて、ヤックはせっせと菜箸で玉子を混ぜる。カチャカチャと音をさせながら玉子を混ぜる手付きも、随分と手慣れていた。成長がそんなところにも見える。

玉子がしっかり混ざったのを確認すると、ヤックは悠利へと視線を向ける。

「ユーリ、玉子混ざった。次は？」

「次はトマトを炒めます」

「トマトを炒めるのって、あんまりやらないよね？」

「そうだねー。キュウリとオーク肉と一緒にポン酢で炒めるやつ以外、やってないかも」

ヤックの指摘に、悠利は記憶を探りながら答えた。トマト料理はそれなりに作っているが、確かに炒めるのはあまりやっていない。

そんな悠利に、ヤックがぼそりと呟いた。

「てか、そもそもトマト、生で食べるし」

「冷やしたトマト、美味しいもんねー」

「うん、美味しい」

ヤックの意見に悠利も賛同する。夏のトマトは旨みたっぷりで美味しいので、冷やしてそのまま食べるだけでも十分だ。

しかし、そればっかりでは飽きてしまうので、今日は少し毛色を変えて玉子炒めにするという算段なのである。料理の可能性は無限大だ。

「使うのはごま油。フライパンに入れたトマトにぐるーっとかけて、ゆっくりと炒めるよ」

「ゆっくり？」

「中火ぐらいかな。トマトはあんまり触ると壊れちゃうから、気をつけてね」

「解った」

トマトの水分とごま油が混ざってフライパンの中でバチバチと音を立てる。けれど、同時に食欲をそそる匂いが漂ってきて、ヤックは興味津々でフライパンを覗《のぞ》き込んでいる。

しばらく火にかけていると、トマトの皮の部分がへにゃりとする。火が通ってきた証拠だ。ゆっくり、ゆっくり、トマトを壊さないように菜箸で混ぜて、全体に火を通す。

トマトの皮が軟らかくなり、全体的に角が取れた感じになったのを確認すると、そこへ玉子を投入する。全体にしっかりとかかるように、くるーっとボウルをフライパンの上で移動させながら入れると、黄色と赤が混ざって何とも言えない鮮やかさが広がった。

途端に、玉子がごま油で焼ける良い匂いが漂う。

「……めっちゃ良い匂いしてる」

「ごま油と玉子の相性は抜群だからねぇ」

あははと小さく笑いながら、悠利はじっとフライパンを見ている。玉子を入れてすぐは触ろうとせず、見ているだけだ。

悠利が動いたのは、玉子の端っこが固まりだしてからだ。それを確認すると、ヘラでそっと玉子を混ぜる。トマトと一緒にゆっくりとフライパンの上を移動させ、火を通す。

玉子とトマトがバラバラにならないように、玉子が細かく崩れてしまわないように気をつけながら、全体を混ぜ合わせる。きちんと玉子に火が通ったのを確認したら、完成だ。

フライパンの中身をそっと大皿の上へと流すように移せば、トマトの玉子炒めの出来上がり。

「はい、出来上がりー」

「めちゃくちゃ良い匂いする」

「するねー」

にこにこ笑いながら、悠利《ゆうり》はトマトの玉子炒めを少しだけ小皿に取る。そして、そっとヤックに手渡した。

味見だと解ったヤックが、ぱっと顔を輝かせて小皿を受け取る。まだ熱いのでふーふーと息を吹きかけてから、口に運ぶ。

口に入れた瞬間に広がるのは、玉子の軟らかさだ。味付けに使った鶏ガラと塩の風味がよく利いていて、ふわふわで、とても美味しい。そしてそこに、しんなりとしたトマトが絡んで、優しい調和を繰り広げる。トマトの旨みがたっぷりと玉子に溶け込み、絡み合い、美味しさを広げているのだ。

ふわふわした玉子と、若干食感を残したしんなりしたトマト。軟らかいのに時々トマトの歯応えが残っていて、実に不思議な感じだった。

「美味しい」

「美味しく出来たねー」

自分も味見をしていた悠利は、ヤックの短い感想にのんびりと応えた。ふわふわ玉子のトマト炒めが上手に出来てご満悦だった。

なお、ヤックの感想が短いのは、何をどう言えば良いのか解っていないからだ。食レポは結構難しいので、ちゃんと出来る人は《真紅の山猫《スカーレット・リンクス》》でもそうそういない。大抵の人は美味しいで終わる。

「それじゃ、もう一回作るよ」

「了解！」

悠利の宣言に、ヤックは素直に返事をした。料理が料理なので、一度に大量に作ることが出来ないのだ。なので彼らは、二度目のトマトの玉子炒めに取りかかるのだった。

人数が多いとこういうことが起こります。まぁ、割といつものことです。

さて、そんなこんなで本日の夕飯。

結局、マリアはあれからずっと食堂スペースで唸《うな》っていた。トマトジュース片手にひたすら唸るマリアを、一同は触らぬ神にたたりなしとばかりに遠巻きにしていたのだ。

それでも、食事の時間ともなれば多少は機嫌が落ち着くのか、席に着くマリアは普通の顔をしていた。とはいえ、時々グラスがミシッと音を立てているので、油断は禁物だ。彼女の鬱屈《うっくつ》はまだ発散されていないようなので。

皆が和気藹々《わきあいあい》と食事をしている中で、一人黙々と食べているマリア。そんな彼女の前に、悠利はそっとトマトの玉子炒めが入った大皿を置いた。

「ユーリ？」

「マリアさん、好きなだけ食べてください」

「え？」

「それ、大皿一つマリアさんの分です」

にっこりと笑う悠利。言われてマリアも、テーブルを同じくしていたクーレッシュとレレイも、気付いた。何故《なぜ》か彼らのテーブルにだけ、トマトの玉子炒めの大皿が二つあることに。

「あ、それ、マリアさんの分だったんだ？」

「そうだよ。だから、レレイはこっちの皿から食べてね」

「了解ー」

元気に返事をして、レレイは言われた方の大皿からトマトの玉子炒めを取り分ける。ソレを見て、クーレッシュが呟《つぶや》いた。得心がいったと言いたげに。

「……三人で一皿なのに分量が他と変わらないのは、レレイ対策か？」

「……正解」

「まぁ、そんなところだよな。おいレレイ、俺とユーリの分も残せよ」

「解ってるよー」

「食事に関するお前の解ってるほど、アテにならないもんはねぇんだよ」

「ひどーい！」

「ひどくない」

いつも通りのやりとりを繰り広げる二人を横目に、悠利はマリアの様子を窺《うかが》っている。大皿で進呈されたトマト料理（それも、マリア用ということで他よりもトマトの比率を多くしている）を見たマリアは、嬉しそうに微笑んでいた。

そして、ぱくぱくと美味しそうに食べている。トマトを口に運ぶ度、マリアの表情が綻《ほころ》ぶ。やはりトマトは彼女に対する特効薬なんだなぁと思う悠利だった。

玉子とトマトの旨みが混ざり合い、口の中で優しく踊る食感を楽しむマリア。感想を口にすることはまだないが、箸《はし》が止まらないのを見れば彼女がこの料理を気に入ってくれたのは一目瞭然《いちもくりようぜん》だ。

マリアの姿を見て一安心している悠利の耳に、元気な声が届いたのは次の瞬間だった。

「ユーリ、ユーリ、大発見！」

「何？　どうかしたの、レレイ？」

「これ、ライスに載せるとメチャクチャ美味《おい》しい！」

「……はい？」

見て見てと言いたげにレレイは自分の茶碗《ちやわん》を示した。ご飯がたっぷりと入った茶碗に、トマトの玉子炒めが載せられている。真っ白なご飯の上に、黄色と赤が綺麗《きれい》に咲いていた。

「……えーっと、レレイ？」

「これをね、一緒に食べると本当に美味しいよ！　あとね、お皿に残ってるスープをかけると完《かん》璧《ぺき》！」

「……そっかー。良かったねー」

「うん！」

とりわけ用の大きなスプーンで、大皿の底に残っている水分をよそったらしいレレイは、ご満悦だった。なるほど、丼かーと悠利はレレイの発想に感心した。食に関して、彼女は時々素晴らしいひらめきを発揮する。

はぐはぐと丼にしたトマトの玉子炒めを、白米と一緒に口にかっ込む姿は、実に豪快だった。美味しい美味しいと言いながら、次から次へと平らげていく。

そこで、悠利はハッとした。見ているだけでは確実に食いっぱぐれる、と。

「レレイに全部食べられちゃう」

「気付くのが遅い」

「まさか丼にして食べ始めるとか、思わなかったんだもん」

「こいつ、本当によく食うよな……」

「食べるの大好きだもんね……」

レレイの手が伸びる前にと、悠利とクーレッシュは自分の小皿にトマトの玉子炒めを取り分けた。ぺろりと茶碗の中身を平らげたレレイは、お代わりしてくるーと元気に炊飯器の元へと移動していた。

そのレレイの行動はいつものことだが、同じようにお代わりに来た面々に彼女が丼にしたことを伝えると、幾人かが同じように実行し始めた。美味しそうと思ったら実行する。それが《真紅の山猫》の日常だった。

いつの間にやらおかずが丼になっていたが、まぁ良いかと悠利は気にしないことにした。皆が美味しく食べてくれているなら、それが一番なので。

皿に取り分けたトマトの玉子炒めを食べた後、少し行儀が悪いと解りつつも、残ったスープをそっと飲んだ。皿に口を付けて飲むのは行儀が悪いと思うのだが、勿体《もったい》ないと思ってしまったのだ。

その考えは当たっていて、トマトから抜け出た水分で作られたそのスープは、料理の旨みをぎゅっと濃縮させていた。確かに、これをご飯にかければ美味しくなるだろうと思えるほどに。

「……レレイの本能って怖い」

「だから、アイツの食い気はやべぇって言ってるだろ」

しみじみと呟いた悠利に、クーレッシュは面倒そうに答えた。安定のレレイだった。

そんな二人の会話に口を挟みもせず、マリアは黙々とトマトの玉子炒めを食べていた。大皿を一人であてがわれたのだが、物ともせずに食べ続けている。よほどお気に召したらしい。

そして、綺麗に大皿のトマトの玉子炒めを完食すると、マリアはそこでやっと口を開いた。

「ユーリ」

「はい？」

「とても美味しかったわ〜。ありがとう〜」

「いえいえ、お口に合って良かったです」

全部食べたわよと微笑むマリアに、悠利も笑顔を返した。美味しく食べて貰《もら》えるのは料理人冥利《みょうり》に尽きるというものだ。そして、自分が作った料理でマリアの機嫌が落ち着いたというのも、悠利には嬉《うれ》しいことだった。

「ねぇ、ユーリ」

「何ですか、マリアさん」

「トマトジュースや生のトマトも美味しいし好きだけど、貴方《あなた》が色々作ってくれるトマト料理、本当に好きよ」

いつもありがとう、とマリアは続ける。ぱちくりと瞬きを繰り返した悠利は、へにゃっと笑った。

「それが僕の仕事なので。でも、そう言って貰えると嬉しいです」

「ごめんなさいね～。気を遣ってトマトにしてくれたんでしょう？」

「あはは……。……だって、マリアさんずっと唸ってたから……」

ちらりと色気のある流し目を向けられて、悠利はすっと視線を逸らした。お色気仕草に負けたわけではない。単純に、食堂スペースでひたすら唸っていたマリアの恐ろしさを思い出しただけだ。

悠利はある意味ポンコツなので、マリアのお色気を気にしないのだ。

「俺らが帰ってきたときも唸ってましたよね？　マリアさん、何かあったんですか？」

「今日は近隣の駆除依頼に行ってたの」

「ですよね？　戦闘系の仕事だから、てっきりストレス発散して帰ってくると思ってたのに」

「それです、それです。なのに不機嫌だったから、驚いたんですよ？」

クーレッシュの質問に、マリアはぼそりと返事をした。彼女の本日の仕事内容を知っていた二人は、だからこそ何でマリアが不機嫌だったのかが解らない。バトルジャンキーのマリアに相応《ふさわ》しい、暴れれば良いお仕事だったはずなのだ。

そんな二人に、マリアはため息を吐いてから口を開く。……なお、非常に悩ましげなため息だったので、クーレッシュはそっと目を逸らした。このお姉さんは存在が青少年には目の毒すぎる。

「だって、女性に荒事はどうのとか言われて、なかなか大物に向かわせてもらえなかったんだもの！」

「「……うわぁ」」

「私、ちゃんと自分の職業《ジョブ》も説明したのに、初対面の人ばかりだから少しも私のことを理解してくれないのよぉ！」

暴れたりなかったんだもん！　とマリアは机に突っ伏して呻《うめ》いた。まるで子供みたいな仕草だが、内容を聞いた悠利とクーレッシュは原因が解ったので遠い目をするしかなかった。

思いもしなかった理由だが、確かによく考えれば、マリアの見た目ではゴリゴリの武闘派で前線を楽しむバトルジャンキーとは思えない。重ねていうが、彼女は細身でセクシーな妖艶《ようえん》美女なのだ。

ちなみに、彼女の職業は狂戦士。その名前の通り、前線で戦うことを生業にしている。しかし、これほど説得力のない職業も、ない。外見詐欺もいいところだ。

不幸なすれ違いだったんだなぁ、とクーレッシュが呟く。優しさだったんだろうけどねぇ、と悠利が応えた。良かれと思ってマリアを労《いたわ》ってくれた人々は、何も悪くない。ただ、マリアが色々がっかり残念仕様なバトルジャンキーだっただけで。

「それで、不完全燃焼だったから、戻ってきてからも唸ってたんですね？」

「そうなの……。手合わせをお願い出来る相手もいなかったから、トマトジュースを飲んで落ち着こうと思って……」

一応、自分で制御しようと頑張ってみたのだろう。中途半端に戦闘をしたことで持て余した戦闘本能を、トマトジュースでリセットしようとしたのだ。話をきちんと聞けば、マリアが頑張っていたことも理解出来る。

あと、今日の彼女がどうしようもなく不運だったというのも。星回りがあまりにも悪すぎた。

「次は、ちゃんと暴れられるお仕事だと良いですね」

「今度は、遠慮しないで最初から前に出ることにするわ」

「ワー、頑張ッテクダサイネー」

拳《こぶし》を握り宣言するマリアに、悠利《ゆうり》は棒読みで告げた。あんまり深いことは考えたくなかったので。

ダンピールさんも色々と大変だなぁと思いつつ、トマト料理の頻度を増やそうと考える悠利だった。トマトを出すだけで落ち着いてくれるなら、安いものだ。最悪、生のトマトを山盛り進呈しても彼女はきっと怒らない。

決意に燃えるマリアを尻目《しりめ》に、明日の献立何にしようかなーとのんびりと考える悠利なのでした。

ちなみに、マリアに善意で下がるように促した人々は、事情を知った他の面々に「今度からはあの女を好きに暴れさせておけ」と言われたのだった。その方が仕事も速く終わるので。

◇◇◇

その光景は、遠くから見つめる分には実に微笑《ほほえ》ましいものだった。

アジトのリビングの一角で、悠利とミルレインとロイリスの三人が額を突き合わせて雑談をしている。童顔でほわほわした悠利と、山の民なので体型が小柄なミルレイン、ハーフリング族の特徴ゆえに年齢よりも遥かに幼く見えるロイリスという取り合わせは、どう見ても子供が三人である。

ただし、会話内容はあまり微笑ましくなかった。

「なるほどなぁ。ユーリの故郷には色んな武器があるんだな」

「様々な属性の、様々な武器が存在するなんて、本当に凄《すご》いですね」

真剣な顔で呟《つぶや》いたミルレインに、ロイリスが同意する。そんな二人に、悠利は慌てて二人の勘違いを訂正した。

「待って。今話したのは、書物で読んだだけで、実在してない武器だよ」

「実在してないって、どういうことだよ。何でそんなのが書物にあるんだ？」

「えーっとだから、物語の中の武器のお話だよ。神話とかに出てくるやつ」

だから、実物があるわけじゃないよ、と悠利は困ったように告げる。ミルレインとロイリスはしばらく考え込んで、なるほどと頷《うなず》いた。悠利があまりにも明確に語るので実物があるのかと思ったが、それらが書物の中の代物だと解れば、考えは変わる。

いや、変わらない。彼らが受けた感銘は、刺激は、何一つ嘘ではないのだから。

「でも、そういう武器が作れたら滅茶苦茶楽しいよな！」

「そうですね。こう、ロマンがありますね」

「ミリーは何となく解るけど、ロイリスも結構そういうの好きだよね」

何で？　と悠利は幼く見える細工師見習いに問いかける。ロイリスは細工師で、特に彫金を得意としている。手先の器用なハーフリングらしく、細やかな作業が得意だ。

対してミルレインは鍛冶士《かじし》見習い。普通の武器を作るために鋼を打つことも大好きだが、やはり魔剣などの特殊な武器と呼ばれるものへの興味や憧《あこが》れがあるのか、いつか自分の手で人工魔剣を作るのだと燃えている。

なので、ミルレインがこの手の話題に食いつくのは理解出来る。けれど、おっとり穏やかなロイリスが武器に興味を示すのは少し意外だ。

確かに、先日この手の話をしたときに、ロイリスも交ざっていたけれど、どちらかというとミルレインの方が乗り気だった気がする悠利だ。

「正直、殺傷能力や特殊効果に関してはあまり興味はないです」

「言い切ったな、アンタ」

「すみません。……ただ、状況に応じて形を変える武器というのは、とても興味がそそられるんですよね」

「そっち?」

「そっちです」

穏やかに笑うロイリスに、悠利とミルレインは顔を見合わせた。魔剣などの魔法武器《マジックウエポン》という認識をして良いだろう武器は、どちらかというとその特殊な能力に注目されることが多い。風の刃が出るとか、雷が迸《ほとばし》るとか、所有者以外が持つと呪われるとか。……いや、最後のはただの呪われたアイテムかもしれないが。

とにかく、注目されるのはそういった効能だ。なのに、ロイリスは違うところに目を付けていた。

「ヘルミーネさんの弓って、使用しないときは小さくなりますよね？　矢筒に入る大きさになるなんて、持ち運びが便利だと思います」

「アレは確かに。後、凄く軽いって言ってたよ」

「羽根人の筋力で使えるようにってことだもんなぁ。普通の武器で作ってる人もいたけど、素材選びが大変だって言ってた」

「マジで？」

「マジで」

大真面目に頷くミルレインに、うわぁと遠い目になる悠利。確かに、羽根人は筋肉が付きにくいらしいので、その彼らでも難なく使える普通の武器というのは大変そうだ。弓はそもそも腕や背中の筋力が必要な武器なので。

ヘルミーネの場合は筋力を鍛えるのではなく、その筋力を補ってくれる魔法道具《マジックアイテム》の一種である弓、悠利の認識では魔法武器とか魔法弓とか言いたくなる武器を使っている。

色々あるんだなぁと思う悠利。どんな業界も奥が深い。

「てか、何でそういうのに興味持ったんだ、ロイリス？」

「細工物には組み替えることで形を変える道具が色々とあるので、そういう意味で武器でも出来るなら楽しそうだなぁと思ったんですよね」

「あぁ、仕掛け箱みたいなやつか」

「そうです」

ミルレインとロイリスは二人で解り合っていた。しかし、悠利にはイマイチ解らないので、ちょんちょんと二人を突いて説明を求めた。

「仕掛け箱ってどんなの？」

「手順通りに動かしたり組み替えることで、別の形になる箱のことです。主に表面に細工を施して、飾りとして使われます」

「小物入れとかな。たまに大きなのもあるけど」

「ありますねぇ。調度品として飾るらしいですけど、組み替えるのも一苦労だと思います」

説明を受けても悠利にはイマイチよく解らなかった。仕掛けを動かすことで箱が開けられるようになるカラクリ箱は知っているが、形そのものが変更されるものは知らない。色んなものがあるんだなぁと思う悠利だった。

とにかく、ロイリスは細工師見習いとしてそれらに触れることもあったので、悠利が話した中にあった変形する武器に興味を持ったのだ。細工師の知識や技術を活かすことが出来るのではないかと言う意味で。

「柄の長さが変わる槍《やり》とかは便利そうだよな」

「槍は狭い場所では使いにくいと言いますけど、柄の長さを変更出来れば間合いも変わりますもんね」

「スイッチ一つでとか、簡単に分解して変更出来るとかだと便利だろうねー」

ミルレインの発言に、ロイリスと悠利がうんうんと頷く。ぶっちゃけ、ミルレイン以外はマトモに武器を握ることもないのだが、そこは言わぬが花だ。想像の翼をはためかせるのは自由なのだから。

ちなみに、悠利がミルレインとロイリスに話して聞かせていたのは、漫画やゲームなどのサブカルチャーに登場していた武器の話だ。多種多様で不思議な武器がたくさんあって、悠利はそれをあくまでも雑談のネタとして口にしただけだ。

そこから、職人二人が色々と楽しそうに話題を広げるので、付き合っているのだ。実際に作り上げることは難しいだろうが、どうやれば作れるかを考えるのは本当に楽しいので。

「あれも面白かったですよね。小剣二本が合わさって長柄の武器になるというの」

「あぁ、アレな！　発想が面白いよなぁ」

「二刀流にもなり、敵との間合いがあるときは槍のように長柄になるなんて、戦略が広がりますよね。小剣の持ち手の端を、組み合うように作っておけばいけそうなんですけど」

ロイリスが小さく呟く。細工師の技術には二つの物体を組み合わせるために凸凹を作るものもある。それを応用すれば、出来るのではないかと考えたのだ。

しかし、それに対するミルレインの返事はあまり芳しくなかった。鍛冶士見習いの少女は真剣に考え込みながら口を開く。

「うーん、どうだろう。合体させたときに、そのまま振り回すことを思うと、耐久力も必要になるしなぁ」

「あぁ、そうですね。持ち手にかかる負荷が変わりますもんね」

「そこをどうするかだなぁ」

小剣として使うときと、合体させて両刃の槍のように振り回して使うのとでは、かかる負荷が異なる。その負荷に耐えられるようにしつつ、なおかつ結合部はしっかりしていなければならない。それなりに技術が要求されるのは明らかだ。

あーでもない、こーでもないと職人二人が言葉を交わすのを、悠利はにこにこ笑いながら見ている。専門職的なことはさっぱり解らないが、二人が一生懸命なのはよく解る。楽しそうだなぁと思っているのだ。

そんな悠利に、ミルレインが声をかける。

「なぁ、ユーリ」

「ん？　何、ミリー」

「もしも実際に作れるとしたら、ユーリはどんなのが作れたら良いと思う？」

「実際に作れたら？」

「そう。ユーリが話してくれたようなのだったら、何が作れたら楽しい？」

わくわくした様子で問われて、悠利はちょっと困った。

何しろ、悠利は武器に興味はない。ゲームや漫画で見ていたから特殊な能力を付与された武器についての知識があるだけで、当人は武器にそこまで興味はないのだ。そもそも非戦闘員だし。

けれど、目をキラキラと輝かせるミルレインと、その隣で同じように興味深そうにしているロイリスを見ると、そうも言えなかった。ちゃんと考えて答えないと駄目なやつだと悟った悠利は、しばらく考える。

戦うための武器、すなわち、他者を傷つけるだけの武器に興味はない。勿論《もちろん》、武器は使い手によって善にも悪にもなることも解っている。それでも、ただ攻撃するためだけの武器に興味が持てないのは事実だった。

ゲームや漫画の世界の不思議な武器は、本当に色々な能力を持っていた。明らかに武器だというのに、そうではない使われ方をすることもあった。中には、殺傷能力を持たない武器もあった。

そこまで考えて、悠利は口を開いた。その顔は、どこか悪戯《いたずら》を思いついた子供みたいだった。

「色んな属性が使いこなせる武器があったら楽しいなって思うよ」

「色んな属性が」

「使いこなせる」

「「武器？」」

悠利の答えに、ミルレインとロイリスは顔を見合わせて、そして首を傾《かし》げた。今一つ、悠利の言いたいことが解らなかったのだ。

二人に伝わっていないことを理解した悠利は、あのね、と説明を始める。自分が考えた、こういうのがあったら良いなと思う武器を。

「僕は魔物のことはよく知らないけど、彼らって属性があるんだよね？　で、その属性に合わせて武器とか攻撃方法を変えるって聞いたことがあるんだけど」

「うん、あるな。火の属性の奴らに火の攻撃は効きにくいとかある」

「それでね、色んな属性が一つの武器で使い分けることが出来たら、とっても便利だろうなぁって思ったんだ」

「……あぁ、そういう意味か」

「なるほど。それは確かに便利そうですね」

説明を聞いて、ミルレインもロイリスも納得した。それは確かにちょっと便利かもしれない、と彼らは思った。特殊効果の付いた武器を持っていても、相手によってそれをいちいち持ち替えなければいけないとなると、荷物が増えるし、手間だ。戦闘中に即座に武器を持ち替えるのは、手練《てだ》れでなければ難しいだろう。

確かに良いかもしれないと大真面目な顔で頷《うなず》くミルレインと、どんな属性を組み込むのが有効なのかを考えているロイリス。そんな二人と裏腹に、悠利《ゆうり》はのほほんとしていた。

素晴らしい着眼点だと言いたげな二人には悪いが、悠利の頭にあったのは三色ボールペンである。一本で色んな色が使える三色ボールペンはとても便利だ。なので、そんな感じで属性を使い分けることの出来る武器があれば便利じゃないかな、と思っただけなのだ。

「刃の部分に各属性の効果を流し込む感じじか？」

「そうなると、手元の操作で切り替えることが出来るようにする必要がありますよね」

「そうだな。複数の魔石を埋め込んで、互いを阻害しないようにしつつ、手元で簡単に切り替えることが出来るようにする、か」

「回路の仕組みを考えるのも大変ですけど、複数の魔石を埋め込んでも大丈夫な構造にしないといけませんよね」

「あぁ。それに、刃の素材も考えないといけない。鋼との相性も属性ごとに違うからなぁ」

「それもあるんですね」

真剣な顔で話し合うミルレインとロイリス。そんな二人を、何か白熱してるなーと悠利はのんびりと眺めていた。

魔石には色々な種類が有り、それぞれに相性の良い素材が異なる。それもあって、複数の魔石を使う場合には、どんな素材で作るかが重要視される。

なお、これは何も武器だけの話ではない。魔導具や魔法道具でも同じことだ。どの魔石がどの素材と相性が良いかを知ることは、鍛冶士《かじし》やアイテム士にとっては基本中の基本でもある。

なので、お互い物作りに関わる立場として、ミルレインもロイリスもその手の知識はある。勿論、知識は日進月歩。素材は多種多様だし、加工によって変化もするので、全てを理解するのは難しい。

だからこそ、二人で額を付き合わせて相談しているのだが。

一人では難しくても、二人で知識を出し合えば新しいアイデアが出るかもしれない、と。

「二人とも、本当に物作りが好きなんだなぁ」

白熱している二人を見つめながら、悠利は小さく呟《つぶや》いた。好きなことに全力投球している人を見るのは、嫌いではない。真っ直ぐに頑張ろうとしている姿は、好感が持てる。

悠利だって、大好きな料理や裁縫、掃除の改善案を考えるときは、全力投球だ。周りにそれ楽しい？　と聞かれたとしても、気にならない。当人にはとても楽しいことなのだから。

だから、ミルレインとロイリスもそうなのだろうと思っている。何かに一生懸命になれる人を、応援したくなるのは人間の性《さが》だろう。

「素材の確認とかするときは、手伝えると思うよ」

「へ？」

「え？」

「どの素材と相性が良いとか、鑑定で解ると思うんだよね。だから、呼んでくれたら手伝うよ」

にこにこ笑顔で悠利が告げた言葉に、ミルレインとロイリスは一瞬固まった。そして、そういえばそうだったと言いたげに、顔を見合わせて頷いた。……そう、彼らは悠利の能力をうっかり忘れていたのだ。

悠利の能力、それは、鑑定系最強のチート技能《スキル》である【神の瞳《ひとみ》】の保持者ということだ。保持しているのが【神の瞳】だということは伏せていても、規格外の鑑定能力の保持者であることは周知の事実。

しかし、それをうっかり忘れてしまうほどに、普段の悠利はアジトのおさんどん担当だった。なので、ミルレインとロイリスの中の悠利が、ちょっと不思議なことを知っている遠い異国出身の少年、というレベルで落ち着いてしまっていたのだ。

まぁ、そもそも悠利は普段から鑑定能力の使い方が間違っているので、世間一般でイメージされるような鑑定士らしいことはしていないのだが。何せ、悠利の鑑定能力の主な使い道は食材の目利きであり、仲間達の体調管理なのだから。……色々と間違っている。

「そういえばそうだった。物凄《ものすご》く忘れてたけど」

「そうですね。普段のユーリくんを見てると、ついうっかり忘れちゃいますよね」

「そう？」

「だって、鑑定らしい使い方してないじゃん」

「そうですよ。ユーリくん、普段何に使ってるんでしたっけ？」

二人の言い分に首を傾げる悠利。肩をすくめるミルレインと、諭すような穏やかな表情で問いかけてくるロイリス。

ロイリスの質問に、悠利はきょとんとした顔で答えた。あっさりと。

「え？　食材の目利き」

「そういうところだよ」

「そういうところです」

「えぇえぇえ……？　何で……？」

力一杯頷く二人に、悠利は心底解らないと言いたげに首を傾げていた。彼にとっては普通の使い方をしているので、二人の言い分が理解出来ないのだ。相互理解は難しかった。

そんな風に雑談をしていると、小さな影が彼らの下へ歩み寄ってきた。そして、静かな声で言う。

「あのさ、想像して話してるだけなら良いんだけど、実行に移すなよ」

「「アロール？」」

「絶対に、実行するなよ」

突然現れた十歳児の僕っ娘は、半眼で彼ら三人を見ていた。自分達より年下の魔物使いの少女に威圧される三人は、思わず息を呑む。何故《なぜ》か反論が出来なかった。

いや、反論どころか、口を開くことが出来なかった。アロールから立ち上るオーラが怖い。

「さっきから聞いてたら、物騒なものの作り方考えてるからさ。一応忠告しておくけど」

「「……？」」

「ユーリのアイデアから生まれた何かを作るなんて、どう考えても規格外が規格外を助長するんだから、常識的に考えて却下だろ」

「「あ」」

「待って？　何で二人ともそれで納得したの⁉」

僕は変なことに巻き込まれるのは嫌だよ、と付け加えてアロールは去っていく。楽しい想像に水を差される結果になったミルレインとロイリスだが、彼女の発言で我に返ったように大人しくなった。

意味が解らないのは悠利だ。何故、アロールはあんなことを言ったのか、そして、二人がそこまでしょげるのか。理解の範疇《はんちゅう》外だった。

「そうか。ユーリを巻き込んでやるなって言われてたけど、それは発想の部分も含んでたのか……」

「うっかりしていました。あまりにも話が楽しくて……」

「それな」

「気を付けましょうね、ミリー」

「あぁ」

顔を見合わせ、同志とがっちり握手をするミルレインとロイリス。やっぱり悠利だけが一人取り残されている。

「ねー、待って？　何で二人ともアレで納得したの？　そして、何だか僕の扱いがヒドいんだけど？」

「ヒドくない。この間、リーダーに怒られたし」

「そうです、ヒドくないですよ。ユーリくんが絡むと大事になるって、皆が言いますから」

「だから、何で⁉」

思わず叫ぶ悠利だが、ミルレインとロイリスは頭を振るだけだった。当人に自覚があろうがなかろうが、悠利が常に何かしらやらかしているのは事実だ。

そして、それらが彼の発想が原因であるのも。悪気も悪意もないが、色々と常識外れなところのある悠利なので、アロールの忠告も間違っていないのだ。ある意味、お約束とも言えた。

とはいえ、実行に移さなければ良い。考えて話すだけならば、自由だ。なので、実現不可能だと解っているものを考えようと二人は思った。それなら、試しに実行してみようとも思わないのだ。

そんなわけで、三人が雑談をしながら色々な特殊武器へと思いを馳《は》せるのは、まだまだ続くのだった。……そんな彼らの姿はやはり、話題の物騒さとは裏腹に子供が三人微笑《ほほえ》ましく雑談をしているようにしか、見えないのだった。

ちなみに、ナイスなツッコミを入れたアロールは、事情を聞いたアリーに思いっきり褒められるのだった。十歳児は色々とハイスペックでした。

閑話二　甘辛美味《おい》しいサバの煮付け

その日、悠利はちょっと悩んでいた。

というのも、港町ロカで買い求めた美味しい魚がたくさんあるのだけれど、大食いの皆さんは肉料理の方が喜ぶからだ。お魚美味しいのにと思いつつ、どうせ作るならば皆に喜んで食べて貰《もら》いたい悠利である。どうすれば魚料理で大食い肉食メンツを納得させられるかを、必死に考えていた。

勿論《もちろん》、魚料理を嫌がっているわけではない。出された食事に文句を付けるような愚か者はいない。皆、美味しいと言って食べてくれる。

それでもやはり、肉料理のときの方が盛り上がっているのだ。それは事実なので、悠利も色々と考えてしまうのだ。

魚でも大喜びするのは、やはり魚介類が主食の人魚であるイレイシア。彼女はどんな調理方法でも、笑顔で美味しく食べてくれるので問題ない。同じように魚介類を好むヤクモは、和食に似た食文化の地域出身なので、和食っぽい方が喜ぶ。

そんな彼らを一部の例外として、殆《ほとん》どの面々は肉が好きだった。筆頭はレレイだろう。お肉大好きお嬢さんだ。勿論、悠利のご飯が大好きな彼女は、魚料理でも素敵な笑顔で平らげてくれるけれど。

「どうせなら、喜んでくれる料理が良いからなぁ……」

どうしようかなぁと悠利《ゆうり》はうんうん唸《うな》っていた。塩焼きやムニエルという、どちらかというとシンプルな味付けの料理はあまり喜ばれなかった。フライや天ぷらも喜んではいたが、味付けがあっさりなのは事実だ。

そこで悠利は思った。濃い味付けならば、魚料理でも喜んで食べてくれるのではないか、と。

大食いメンツが好むのは、ご飯が進む味付けだ。肉は好きだが、その肉も照り焼きなどのしっかりとした味付けの方が人気が高い。解決の糸口を見出した気分だ。

「よし、サバの煮付けにしよう！」

これならきっと大丈夫だと、悠利はうんうんと一人で頷《うなず》いていた。

サバの煮付けは砂糖と醤油《しょうゆ》で甘辛く味付けをして作る。その濃い味付けならば、お肉大好きな皆にも喜んでもらえるだろうと思ったのだ。少なくとも、悠利の認識ではご飯の進むおかずだったので。

「料理」

「あ、マグ、早いね。もう来たの？」

「終了」

「……えーっと、今日の分の修業が終わったってことで良いの、かな？」

「諾」

食堂スペースで考え込んでいた悠利の背後に、いつの間にやらマグが立っていた。相変わらず気配も足音もしない少年だ。

淡々と、言葉少なく事情を説明するマグに、悠利は何とか理解出来た範囲で問いかければ、こくりと頷かれる。多少は理解出来るようになってきたが、やはりまだマグの発言の意味を理解するのは難しかった。

それでも、側にウルグスがいないときは、比較的解るように喋《しゃべ》ってくれている気がする悠利だ。気のせいかもしれないし、話題が解りやすいだけなのかもしれない。それでも、何となくそう感じるので、そういうことだと思っておく悠利だった。思うのは自由なので。

悠利がそんなことを考えているとは思いもしないのだろう。マグは、じっと悠利を見ている。夕飯の準備をしないのか、と言いたげな顔で。

「それじゃ、マグが来てくれたから準備に取りかかろうかな」

「諾」

「今日のメインディッシュはサバの煮付けだよ」

「煮付け？」

「うん。魚をね、甘辛く煮たもののことだよ」

悠利の説明に、マグは不思議そうに小首を傾《かし》げた。甘辛いは解るし、炊くも解る。ただ、魚を甘辛く煮るがイマイチ解らないらしい。

そんなマグに悠利は少し考えてから、口を開いた。

「照り焼きに近い味付けかな？　でも、焼くんじゃなくて煮るから、身が軟らかいんだよ」

「……」

「とりあえず、作ろうか」

「諾」

やっぱりよく解らなかったらしいが、マグは悠利の呼びかけに素直に頷いた。照り焼きに近い味付けということで、未知への疑問は多少は薄れたらしい。濃い味付けだというのはちゃんと伝わったようだ。

なので、二人で作業をするために台所スペースへと移動する。

「それじゃ、まずはサバの下処理だね」

悠利が冷蔵庫から取りだしたのは、サバの切り身だ。手の大きさぐらいの切り身になっており、青光りする皮が目を引いた。港町ロカで買い求めてきた魚で、お店で既にこのように切り分けられていたのだ。

サバの煮付けに使う食材は、サバともう一つ、生姜《しょうが》だ。水洗いした後にごろんとまな板の上に転がされた生姜を見て、マグは首を傾げている。何に使うの？　みたいな気分なのだろう。そんなマグに、悠利はにこにこと笑った。

「生姜には臭み消しの効果があるんだよ。だから、サバの煮付けを作るときに一緒に入れると、サバの青臭さを消してくれるんだ」

「……臭み消し」

「お肉の臭い消しにハーブを使うのと同じようなものだよ」

「なるほど」

悠利の説明に、マグは興味深そうに生姜を見ていた。他の何かの添え物とか味付けに使うぐらいの認識だった生姜に、そんなパワーがあったのかと言いたげだ。

それにね、と悠利が言葉を続けると、マグはじっと視線を向ける。何だ、まだ何かあるのかと言いたげな瞳《ひとみ》に、悠利は大真面目な顔で言い切った。

「臭い消しに使ったハーブは食べないけど、生姜は食べられます」

「……？」

「サバの煮付けに使った生姜は、甘辛い味付けになって美味しく食べることが出来るんだよ」

「……美味？」

「僕は割と好きかなー。ただ、生姜は生姜だから、苦手な人はいると思うけど」

「美味……」

じぃっとマグはまな板の上の生姜を見た。お前、美味しくなるのか？　という感じの視線だった。好みは割れるだろうが、サバの煮付けに入っている生姜はタレでしっかり煮込まれるので、味はちゃんとつく。また、しっかり煮込むことで軟らかくなっており、さっぱりとした口直しになったりする。

とはいえ、やはり好みは割れる。生姜はあくまで臭い消しと割り切って、食べない人もいるだろう。悠利は食べる派なだけです。

「それじゃ、サバの皮にバッテンの切り込みを入れます」

「何故《なぜ》？」

「皮にバッテンを入れるのは、火が通りやすくするのと、身が縮まないようにするためらしいよ」

「諾」

理由が解ればそれで構わないのか、マグは悠利に言われるままにサバの皮目に切り込みを入れていく。綺麗《きれい》にバッテンが入るとちょっと嬉《うれ》しい悠利だ。

次に、生姜の皮の汚れのある部分を取り除いてから、スライスする。薄すぎず分厚すぎず、食感を楽しめる程度の薄切りに。悠利が見本を一つ作ると、マグはそれと同じように生姜を切っていく。そういうことは得意なマグだった。

次に、煮汁を作る。使うのは、水と酒、砂糖、醬油、みりんだ。調味料を混ぜたら生姜を入れ、一煮立ちさせる。

「マグ、辛くないか味見してくれるかな」

「……問題無し」

「そっか。それじゃ、これで作るね」

煮汁は醬油と砂糖で甘辛い感じに仕上げた煮汁。味見も終えて二人の味覚で問題がないとなったので、そこにサバの切り身を入れる。

のだが、ここでポイントが一つあった。

「サバを入れるときは、沸騰しているところへ入れるんだよ」

「……？」

「煮汁のぽこぽこしてるところに、そっと入れるの。そうすると、サバの臭みが出ないからね」

「諾」

悠利が手本として一切れ入れるのを見ていたマグは、同じように沸騰しているところを狙ってサバを入れていく。サバを入れるとその場所は一瞬冷えるので、他の場所に次の魚を入れることになる。

なお、サバは皮を上にして入れる。なので、二人が頑張って入れたバッテンの切り込みが煮汁の隙間から見えていたりする。

「それじゃ、ここで秘密兵器です」

「……？」

「じゃじゃーん、落《お》とし蓋《ぶた》ー」

ご機嫌で悠利が取りだした物体に、マグは不思議そうな顔をしている。これは、ロカの町で悠利が買い求めておいた落とし蓋だ。

落とし蓋とは、具材の上に載せることで煮汁がしっかり具材に染みこむようにする道具である。そして、悠利が購入したこの落とし蓋は、スライドさせることで円の大きさが変わるので、色々な大きさの調理器具に対応可能な優れものだ。

悠利はぽこぽこと沸騰している鍋《なべ》の中へ、落とし蓋を入れる。大きさを調整し、全面が隠れるようにすれば、泡が隙間から湧き出すように煮汁がぽこぽこしていた。

「こうするとね、上の方までしっかり煮汁が染みこむんだよ」

「便利」

「そう、便利だよねー」

なるほどと言いたげなマグに、悠利はにこにこと笑った。落とし蓋は一つあると便利なので、今回手に入れることが出来てご機嫌な悠利なのだ。

「それじゃ、サバはこのまましばらく煮込むし、その後冷やして味を染みこませるから、その間に他の料理の準備をしようね」

「諾」

メインディッシュの準備が終わったとはいえ、まだまだ作らなければならないものはある。悠利の言葉に、マグは力強く頷くのだった。


そして、夕飯の時間である。

メインディッシュとして並ぶ濃い茶色に染まったサバの切り身に、一同は興味津々だった。盛りつけるときに生姜を添え、煮汁をかけてある、なので、甘辛い匂いがふわんと漂っていた。

「サバの煮付けはお代わりがあるので、食べたい人はご自由にどうぞ。あ、小骨はちゃんと取って食べてくださいね！　特に、ライスと一緒に食べようと思うなら、先にきちんと骨を取ってからでお願いします！」

悠利の説明は、最後の部分が一部の面々に向けてとしか思えないものだった。照り焼きに似た匂いに反応し、ご飯と合体させようとしている気配がしたのだ。確かにサバの煮付けはご飯と食べると美味しいので、その考えは間違っていないのだが。

ご飯と一緒に魚を食べるときは、小骨をしっかり取ってからでないととても危ない。何しろ、ご飯に紛れて骨に気付かないことがあるからだ。そうすると、喉《のど》に小骨が突き刺さってしまうこともあるのだ。

なので、悠利は真っ先に注意喚起をしたのだった。

悠利の説明を聞いた一同は、納得したように頷いている。一部、かぶりつこうとしていた面々は動きを止めていた。

皆への注意喚起を終えた悠利は、改めてサバの煮付けに向き直る。火を止めてしばらく冷ましておいたので、全体にしっかりと味が染みこんでいるはずの、サバの煮付けだ。久しぶりの煮魚である。

まずは、真ん中に箸《はし》を入れて半分に割ってしまう。そうすると小骨がぴょこりと頭を出した。小骨の位置を確認したら、目に見える分は箸で取ってしまう。そうしてから、一口サイズに解《ほぐ》して口へと運ぶ。

脂ののった身はふわりとしており、口の中で軟らかく解ける。甘辛い煮汁が中までしっかりと染みこんでいて、じゅわりと旨味が広がった。箸で割って確認した段階でも味が染みこんでいるのは解っていたが、実際に食べてみるとまた違う。

醤油《しょうゆ》と砂糖ベースの甘辛い煮汁と、サバの旨味が良い感じに合わさっている。その濃厚な味わいを堪能したところで、口の中に生姜を放り込む。歯ごたえを多少残しながらも甘辛く煮込まれた生姜は、さっぱりさと濃厚さを併せ持っていた。こちらも絶品だ。

「んー、良い感じー。美味《おい》しいー」

ご機嫌でサバの煮付けを食べる悠利《ゆうり》。生姜ももりもり食べている。久しぶりの煮魚なので、ちょっとテンションが上がっていた。

特に臭みも存在しないので、ぱくぱく食べることが出来る。落とし蓋もしっかり仕事をしてくれたらしい。久しぶりだが、ちゃんと作れて良かったと思う悠利の耳に、仲間達のご機嫌な声が届く。

「これ美味しいねー！　お魚だけど味がしっかりしてるから、ライスがいっぱい食べられちゃうよ！」

「レレイ、解ったからとりあえず、騒ぐな」

「お代わりあるって言ってたよね？　貰《もら》わなくちゃ！」

「だから、騒ぐなって言ってんだよ」

「ふぎゅ……ッ」

にこにこ笑顔で大満足と言いたげなレレイの頭を、クーレッシュはぐっと押さえた。突然のことに驚いたらしいレレイの口から変な声が出るが、彼女は気にしていなかった。美味しいよね？　と問いかけてくるぐらいだ。

はいはい、美味しい、美味しい、とレレイをあしらいながら、クーレッシュもサバの煮付けを食べている。なお、ちゃんと美味しいと思っているし、味わって食べている。単純に、隣のレレイの騒々しさに疲れているだけだ。

あの二人相変わらずだなぁと思っている悠利。とはいえ、美味しいと思って食べてくれているのなら嬉しかった。特に、レレイは肉食の大食漢なので、その彼女の口に合ったのならこれ以上ない喜びだ。

それが顔に出ていたのだろう。悠利の正面に座っていたアリーが、静かに問いかけた。

「どうした、ユーリ」

「へ？　何がですか？」

「妙に嬉しそうだが」

「あぁ、それは」

アリーの皿のサバの煮付けも順調に減っているのを確認して、悠利はやっぱり顔を緩めた。自然と緩んでしまうのだ。やはり、美味しいと思って食べてもらえるのは一番の喜びなので。

なので、不思議そうなアリーに、悠利はその旨を素直に伝えた。

「皆が美味しいって言ってくれてるの、嬉しいなぁと思って」

「……今更、噛《か》みしめるようなことでもないだろう？　いつも、皆、お前の食事に喜んでるんだから」

「それはそうなんですけど」

日常と何が違うのかと言いたげなアリーに、悠利ははにかんだように笑う。改めて口にするのはアレだが、やはり今回は目論見が当たったことがとても嬉しかったので。

「普段、魚より肉の方が人気があるじゃないですか」

「……あー、まぁな。肉の方が腹が満たされるんだろう」

ライスも食えるし、とアリーが付け加えた言葉に、悠利も異論はなかった。むしろ、それを考えたからこそ、今日はサバの煮付けにしたのだ。甘辛い味付けならば、肉に対抗出来ると思って。

「別に、それが嫌なわけじゃないんですけど、どうせなら魚料理でもいっぱい喜んでもらえたら良いなぁと思って、今日は煮付けにしたんです」

「……ほお？」

「ライスがたくさん食べられるような味の濃い料理なら、肉と同じぐらい満足してもらえるんじゃないかと思って」

成功しました！　とキラキラと顔を輝かせる悠利の姿に、アリーは苦笑する。お前な、と何かを言いかけて、けれどアリーが口にしたのは別の言葉だった。

「お前がそうやって皆を思って作ってるから、あいつらも喜んで食べるんだろうな」

「はい？」

「お前の料理は美味《うま》いが、それでも皆が喜ぶのは、お前が食べる相手のことを考えて作ってるからだろう」

アリーの言葉に、悠利は首を傾《かし》げた。確かに、今日は肉食の皆さんが喜んでくれるかと思って作った。それは事実だ。

けれど、普段から全てそうかと言われると、首を傾げたくなる。なので、悠利は正直に自分の気持ちを口にした。

「……僕、自分が食べたいものを作ってますよ？」

美味しいものを作って食べてもらうのも大好きだが、同時に自分が食べたいと思ったものを作るのも大好きなのが、悠利である。アリーもそれは解っているのか、心得ていると言いたげに頷《うなず》いている。

それもまた、事実だ。ただし、アリーの見解は悠利と一部異なる。

「お前、自分が食べたいと思って作るときでも、誰かが嫌がるものは作らないだろ」

「……嫌がるものを作って何か意味があるんですか？」

はて？　と首を傾げる悠利。

料理の好みは千差万別で、万人が美味しいと思うものを作るのは難しい。なので、悠利の好物でも誰かが苦手なことはあるし、そういうときはその人のいない場合に作ることにしている。

料理は美味しく食べてこそなので、嫌いなものを極力食卓に並べないようにというのが悠利の考えだ。

勿論《もちろん》、好き嫌いせずにバランス良く食べるのは、栄養の面でも大事なことだ。けれど、嫌いなものをちゃんと咀嚼《そしゃく》もせずに嫌々食べたところで、ちゃんと栄養にならないと思うのが悠利だ。だから、その辺りの配慮はなるべくしている。

それらは、悠利にとっては当たり前のことだった。少しでも食べられるように味付けや調理に工夫をしたとして、本気で嫌がっているものを食べさせたりはしない。そういう風に彼は育てられたので。

「そうやって、お前は自然に誰かを思いやって作ってるだろ。だから、皆、お前の料理を楽しみにして、美味しいと言うんだ」

「……アレ？　何か大袈裟《おおげさ》になってる気がするんですけど」

「なってねぇよ。お前が思ってる以上に、お前がやってるのは凄《すご》いことだって話だ」

「そういうものですか？」

「そういうものだ」

よく解らないと言いたげな悠利に、アリーはきっぱりと言い切る。そうなのかなぁ？　と首を傾げる悠利は、やっぱりその辺のことを解っていなかった。

それでも、あちこちでお代わりの声が上がり、皆がサバの煮付けを美味しく食べてくれているのが解ると、細かいことは気にならなくなった。難しいことは考えない。

ただ、自分が作った料理で皆が喜んでくれている。それが、悠利にとって何より重要なことなのだから。

大鍋《おおなべ》に大量に作ったサバの煮付けは皆に好評で、炊飯器の中のご飯と一緒に完食されるのでした。定番メニューが増えそうです。

第三章　友達と友達のエンカウント

「ゆーり！」

「うわぁ……っ⁉」

呼び鈴が鳴ってドアを開けた瞬間、小さな何かに腹部を突撃されて、悠利は思わずよろめいた。ととっとたたらを踏んだ悠利の背中を、たまたま近くを通りかかったリヒトがそっと支えてくれる。

「リヒトさん、ありがとうございます」

「いや。怪我《けが》はないか？」

「大丈夫です」

大柄なリヒトは、倒れそうになった悠利を片手で支えてくれた。ついでに、悠利に突撃してきた小さな影の勢いに負けてもいない。ただ、不思議そうに悠利の足下、というか腹の辺りへと視線を向ける。

そこには、ぐりぐりと悠利の腹に顔を押し付けている、小さな二足歩行の猫がいた。今日もバッチリ決まった上質な衣装を身につけているが、行動は完全に幼児のそれである。

「……ユーリ、もしかしてこの子は、あのときの」

「正解です、リヒトさん。あのとき迷子として冒険者ギルドに連れて行った、ワーキャットの若様

です」

悠利の説明に、リヒトはなるほどと言いたげに小さな猫を見下ろした。親を見つけた子供というか、遊び相手を見つけた子供そのものな行動を取っている小さな若様。

リヒトはそれほど深い付き合いではないが、以前土産持参で遊びに来たことも知っている。なので、彼がここにいるのは別に気にしない。そういえば今日、遊びに来ると言っていたな、と記憶を探った程度だ。

ただし、気になることは一つあった。リヒトは正直に、その疑問を口にする。

「……早くないか？」

「……早いです」

来訪予定時刻より明らかに時間が早い気がしてリヒトが呟《つぶや》けば、悠利が遠い目をして答えた。やっぱりそうなのか、とリヒトがこぼす。悠利が子猫の存在に驚いていたようなので、妙だと思ったのだ。

そう、本日この子猫、もとい、ロイヤルワーキャットという種族であり、ワーキャット達の集落の若様である存在が遊びに来るのは、予定されていたことだ。問題は、何故か彼の来訪時刻が明らかに本来の予定よりも早いことである。

何故《なぜ》こうなっているのか、悠利にはさっぱり解らない。いや、一部意味は解っている。この若様は悠利が大好きなのだ。

なので——。

「若様！　あれほど予定時刻はまだだと申し上げましたのに、勝手に出歩かれるとは何事ですか！」

「若！　お一人で移動されては危ないと、いつも口を酸っぱくして申し上げているでしょう！」

「若様……！　ご迷惑だから大人しく待っていてくださいと、言ったでしょうが！」

目くじらを立てた保護者が三人、慌てたように走ってきた。

そのあまりの剣幕に、悠利はわぁと思わず呟いた。背後から聞こえた明らかに自分を咎《とが》める声に、若様は面倒くさそうににゃぁと鳴いた。

けれど、それでも悠利の腹に顔を埋めて抱きつくのは止めない。割と根性が据わっている若様だった。

駆けてきたのは、子猫な若様の世話係である黒猫の女性フィーアに、護衛役を務める茶猫の青年クレスト。そして、若様の学友である赤猫の少年エトルだ。以前と同じメンバーなので、悠利とも顔見知りだ。

お説教を始める保護者達を、若様は面倒臭そうな顔で見ている。金茶色の毛並みにアイスブルーの瞳《ひとみ》という、それはもう極上の見た目をしているのだが、表情はふてぶてしい。

そんな彼はシャツにズボンに長靴という安定のスタイルなので、悠利には何度見てもとあるお話の主人公にしか見えなかったりするが。長靴と喋《しゃべ》る猫なので。

「若様、聞いてるんですか！」

「えとる、うるさい」

「煩《うるさ》いじゃありません！　まったくもう！　ユーリさんにご迷惑ですから、さっさと離れてください！」

「やだ！」

「リディ……」

引っぺがそうとするエトルに、若様にゃんこリディは全力で抵抗していた。ぎゅうっと悠利《ゆうり》の腹にしがみついたままだ。身動きが取れない悠利が困っている隣では、リヒトとフィーアとクレストが挨拶《あいさつ》を交わしていた。

この三人は、リディが迷子になったときに顔を合わせているので初対面ではない。その節は大変お世話になりましたという感じの会話を交わす大人組の足下では、エトルとリディの攻防戦が繰り広げられていた。なお、リディに折れる気配は皆無だ。

そんな中、リヒトがぽつりと呟いた。

「その子猫、喋れるようになったのか？」

「え？」

「今、普通に喋ってなかったか？　俺が会ったときは猫語だったと思うが」

「……はっ、そういえばさっきリディ、僕の名前呼んでた⁉」

リヒトに指摘されて初めて気付いた悠利が、驚いたように自分にしがみつくリディを見下ろした。愛らしい容姿にふてぶてしい態度を備えた若様は、薄情者な友人を見上げて舌っ足らずな口調で告げた。

「ゆーり、おそい」

「リディ、喋れるようになったんだ！　練習したの⁉」

「つぎは、ちゃんとしゃべれるようにって、ゆーりがいったから」

がんばった、とえっへんと胸を張るリディ。

愛らしい子猫が自信満々のドヤ顔をする姿は、途方もなく愛らしい。しかも、それが自分とお喋りがしたいから頑張ったのだと解っているので、悠利の感動はひとしおだ。ぎゅうぎゅうとリディを抱き締めて、偉いよと褒めている。

そんな悠利にまんざらでもない顔をするリディ。主の態度に、エトルは面倒臭そうにツッコミを口にした。

「そもそも、今まで喋れなかったのが若様の怠慢なんですが」

「えとる！」

「今も発音が怪しいですし、まだまだ練習が必要だと思いますけど」

「えとるは、いつも、うるさい！」

容赦のないツッコミを入れる学友に、リディは不機嫌そうに喚《わめ》く。怒っている声が途中からにゃーにゃー言い出す程度には、感情が乱れていた。まだ完全に人の言葉を話せるようにはなっていないらしい。

確かにリディの言葉は舌っ足らずだし、幼児の拙い言葉のようにしか聞こえない。けれどそれでも、悠利にしてみれば感激だった。リディが自分で喋れるならば、今までのように通訳を介する必要がないのだから。

子猫が言い合いをするのを困った顔で見ている悠利の前で、クレストとフィーアの二人が深々と頭を下げた。うちの若様が毎度毎度すみませんと言いたげに。

けれど悠利にしてみれば可愛《かわい》い友達が遊びに来てくれただけなので、何も気にしていない。だから、いつも通りのほんわかした口調でお目付役の二人に言葉をかける。

「クレストさんもフィーアさんも、お久しぶりです。お元気でしたか？」

「はい。ユーリ殿のおかげで、若様が勉強にやる気を出してくださって、大変感謝しております」

「……まぁ、その代わりと言うように、遊びに行かせろということになったのですが……。本日も、お世話になります」

「いいえ。僕もこうして会えて嬉《うれ》しいです。直に話せるとは思っていなかったので、尚更」

にこにこと笑う悠利に、クレストとフィーアは「それも貴方《あなた》のおかげです」と答えた。

友達の悠利に言われたから、面倒くさがりで遊びたい盛りの若様がお勉強を頑張ったのだ。それまで誰が何を言っても言葉を覚えようとしなかったリディなので、里の皆はとても感謝しているのである。

そんな悠利に、クレストはすっと何かの入った包みを差し出した。大きい。悠利が両手を広げたぐらいのサイズだ。

「……えーっと、クレストさん、こちらは？」

「前回と同じもので恐縮ですが、お土産です。……若様が、持っていくのだと言い張られて」

「あの立派な塩鮭ですか？　わぁ、ありがとうございます！」

申し訳なさそうに差し出されたそれが何かを理解した瞬間、悠利は顔を輝かせた。困惑しているクレストとフィーアだが、悠利は本気で喜んでいた。

クレストが差し出したのは、ワーキャット達の里の近くの川で取れる立派な鮭だ。三枚に下ろした塩鮭で、前回もお土産に貰《もら》っている。悠利は塩鮭が好きなので、とても喜んでいた。何しろ、とてもとても立派な鮭なので、この辺りで買うことは出来ないのだから。

悠利が両手を広げたぐらいの大きさなのだから、その大きさは凄《すさ》まじい。脂がのっており、塩味も良い感じな塩鮭なのである。《真紅の山猫《スカーレット・リンクス》》は人数が多いので、切り身にして提供しようと思うと大量に必要になる。なので、悠利は大喜びなのだ。

前回に引き続き同じお土産なのに、同じように大喜びする悠利。リヒトは困惑している大人二人に対して、頭を振った。そういう子なんですよとでも言いたげだ。間違ってない。

「それじゃあ、今日のお昼ご飯はこれを使わせてもらいますね！」

「あ、はい……」

「喜んでいただけて、何よりです……」

大はしゃぎする悠利の反応に、クレストとフィーアはどう返事をして良いのか解らないと言いたげな顔をしていた。そんな二人に気づいていない悠利は、立派な塩鮭に大興奮だった。物凄《ものすご》く喜んでいる。

悠利の反応を見て、リディはふふんと鼻を鳴らしていた。自分が言ったとおりじゃないか、と。やっぱり友人として、自分が一番悠利のことを解っているのだと。ドヤ顔の子猫の思考はそんな感じだった。

それが手に取るように解るので、エトルは放っておくとどこまでも調子に乗る若様の頭を軽く叩《たた》いた。いい加減にしてください、という意思表示も込めて。

「えとる、なにするんだ！」

「若様はもう少し色々と反省をしてください。お土産が喜んでもらえたのは結構ですが、予定より随分早く押しかけるなんて、迷惑以外の何物でもないです」

「めいわくじゃない！」

「迷惑に決まってるでしょう！　ユーリさんにも事情があるんですよ！」

口喧嘩《くちげんか》を始める子猫二人に、大人三人はおやおやという顔をしている。クレストとフィーアにしてみれば、考え無しの若様にエトルがツッコミを入れるのは日常なので慣れているのだ。リヒトは、普段から騒々しい《真紅の山猫》で色々と揉《も》まれているので、子猫の口喧嘩ぐらいでは動じない。

そして、悠利は喧嘩の内容に自分が関わっているという事実にまったく気付かず、何を作ろうかなとうきうきしていた。立派な塩鮭を美味《おい》しく食べてもらうにはどうしたら良いだろうか、みたいなことしか考えていない。安定の悠利。

収拾が付かなくなっているその場に救世主として現れたのは、カミールだった。本日の食事当番である。

「ユーリ、昼飯何にす、……ってチビ猫？　何でもういるんだよ」

「あ、カミール。課題終わったの？」

「おう。お待たせ。で、何でチビがいるんだ？」

「予定より早く出てきちゃったみたい」

「相変わらずだなぁ、チビ」

エトルと言い争いをしているリディの頭を、カミールは面白そうにぽんぽんと撫《な》でた。リディは顔見知りの相手が出てきたことに顔を輝かせたが、何度も何度もチビと呼ばれるので、ムッとしたように口を開く。

「りでぃ」

「ん？」

「ぼくのなまえは、りでぃ。ちびじゃない」

「あぁ、そういうことか。悪い悪い、元気そうだな、リディ」

名前を呼ばれてご満悦の若様と、子猫を可愛がっているカミール。……次の瞬間、カミールがハッとしたように悠利を振り返った。

「ユーリ、今こいつ、喋った？」

「うん。喋れるようになったんだって」

「マジかー！　これならアロールがいなくても話が出来るなー！」

頑張ったじゃないかと褒められて、リディはまんざらでも無さそうだった。ふふん、もっと褒めて良いんだぞ、みたいな顔をしている。若様は調子に乗りやすいのが特徴なのです。

エトルが呆《あき》れているが、それもまたいつものことらしく、クレストとフィーアは普通の顔だった。

若様の日常がよく解る光景だ。

「で、昼飯どうすんだ、ユーリ」

「お土産に大きな塩鮭貰ったから、これを活用しようかなと思ってる」

「了解。そんじゃ、準備するか」

「うん」

悠利とカミールの間で話はトントン拍子に進む。その会話を聞いていたリディが、ぱぁっと顔を輝かせた。本当⁉ みたいな感じで実に嬉しそうだ。自分が持ってきたお土産が美味しいご飯に化けるのを、楽しみにしている顔だった。

二人が塩鮭を持ったまま移動するのを、リディは小さな足で追いかけた。若様が追いかけるので、エトルも追いかける。そうなると、クレストとフィーアも追いかけることになる。昔話にでも出てきそうな光景に、リヒトは苦笑しながら一同を見送っていた。

作業をしようと台所スペースに足を踏み入れようとした悠利は、駆け足で近付いてきた小さな影がいることに気付いた。

「リディ、どうかしたの？」

「てつだう」

「え？」

「てつだう！」

任せろと言いたげな顔をするリディに、悠利はきょとんとした。エトルが隣で、「若様に手伝えることなんてないと思うんですけど」とツッコミを入れているが、リディの耳には届いていなかった。お友達のお手伝いをしたくてたまらないのだろう。

少し考えた悠利《ゆうり》は、笑顔でリディに言葉をかけた。

「それじゃ、今からこの塩鮭を焼くから、焼けたら解《ほぐ》すの手伝ってね」

「まかせろ！」

「それまでは、そこの椅子に座って待っててくれると嬉しいな」

「わかった！」

子猫は元気よく返事をして、悠利に示されたカウンター席へとぴょこんと飛び乗った。楽しげに身体《からだ》を揺らしながら、悠利とカミールが準備するのを見ている。本当に楽しそうだ。尻尾《しっぽ》がゆらゆらと揺れている。

マイペースな若様にため息をつきながら、エトルも同じようにカウンター席に座った。目を離すと何をやらかすか解らないとでも思ったのだろう。彼の日常はそんな感じだ。頑張って生きてほしい。

「カミール、塩鮭、グリルに入る大きさに切ってくれる？」

「了解ー」

「僕は味噌汁《みそしる》の具材を切るから」

カミールに塩鮭を預けると、悠利は冷蔵庫から様々な食材を取り出して切り始める。具だくさん味噌汁を作る予定なので、とりあえず野菜を切らねばならないのだ。

塩鮭を適当な大きさに切り分けたカミールは、そのままグリルに塩鮭を放り込んで焼き始める。それが終わると、悠利の隣で野菜を切る作業に入る。二人がかりならば、数が多いといってもそれほど苦でもない。

何せ、今日はお客さんが来ているが、昼食を食べる面々の数は少ないからだ。客人は大人が二人に子供が二人。《真紅の山猫》側も、大人二人と子供二人なのである。つまり、悠利とカミールとリヒトに、自室で書類作業中のアリーだ。

なので、メニューに文句を言うような人もいなければ、バカみたいに食べる人もいないという、実に平和な日だった。遊び相手が少ないのでリディが若干気にするかと思ったが、若様は悠利がいるだけで満足らしく、今のところ不満の声は出ていない。

「で、塩鮭と味噌汁だけなのか？」

「具だくさん味噌汁と、親子丼の予定」

「親子丼？　……肉も玉子も用意してないのに？」

悠利の答えに、カミールは不思議そうに首を傾《かし》げた。親子丼が何であるのかをカミールは知っている。アジトでよく食べるのは他人丼だが、肉と玉子が親子関係にあるものを親子丼と呼ぶのだというのは悠利から聞いているのだ。だから、彼の疑問ももっともだった。

そんなカミールに対して、悠利はにっこりと笑った。彼の固定観念を打ち壊すように。

「親と子の具材を使うなら、それは全て親子丼です」

「……んん？」

「ロカの街で買ってきてあるんだよね～。苦手な人は塩鮭だけにするけど」

カミール食べられたっけ？　と悠利が問いかければ、カミールはハッとした顔になる。そして、視線を冷蔵庫に向けた。そこに眠る赤い物体を、彼は確かに知っている。

「いくらか！」

「正解ー。鮭といくらで親子丼です」

「それも親子丼になるのかよ……！」

衝撃の事実とでも言いたげなカミール。唸《うな》っている彼をさらっと流した悠利は、グリルの塩鮭が焼き上がったのを確認する。そして、塩鮭を大皿に盛りつけると、それを持って食堂スペースへと移動した。

そわそわと悠利の背中を見ているリディと、飛び降りそうなリディの肩を押さえているエトル。クレストとフィーアは少し離れた場所で子猫二人を見守っていた。

ほかほかと湯気の出ている塩鮭の入った大皿をテーブルの上に置くと、悠利は台所スペースに戻ってボウルを幾つかと手袋を手に戻る。そして、今か今かと待ち構えているリディに向けて声をかけた。

「リディ、手伝ってくれる？」

「まかせろ！」

お呼びがかかった瞬間、若様はぴょんと椅子から飛び降りて駆けだした。テーブルの前の椅子によじ登ると、キラキラと顔を輝かせる。

そんなリディの手に手袋を装着させながら、悠利は大皿の中の塩鮭を示して説明を始めた。

「この塩鮭を解して、骨を取ってほしいんだ。作業はこっちのボウルの中でやってね。骨はこのボウルに入れて。で、一つが終わったら、中身はこの大きなボウルに移して、また次のをお願いしたいんだけど、出来る?」

「だいじょうぶだ!」

「それじゃ、お願いするね」

「まかされた!」

にぱっとご機嫌笑顔になったリディが、まだ熱い塩鮭と一生懸命格闘を始める。張り切ってお手伝いをする若様に、クレストとフィーアは目頭を押さえていた。……リディの普段の言動がよく解る反応だ。

そんな若様を見て、自分用に用意されている手袋とボウルを見て、エトルもそっと作業に入る。自分がやるべきことが何かちゃんと解っている、実に賢いご学友だった。多分、確実に若様より大人である。

「リディとエトルくんがそっちをやってくれるから、僕らは他のことに取りかかれるから助かるよ。ありがとう」

「いえ、お邪魔になっていないなら、それで良いです」

「ゆーりのてつだい、がんばる!」

にこにこ笑顔でお礼を告げる悠利に、エトルは謙遜《けんそん》する。対してリディは、自信満々だった。若様は安定の若様でした。

三人のやりとりを見ていたカミールは、相変わらず子供の扱いが上手《うま》いなぁと思った。普段、自分達も何だかんだで上手に扱われている自覚があるので。


そんなこんなで、昼食は完成した。

献立はシンプルに、鮭といくらの親子丼と、具だくさんの味噌汁だ。幸い、居合わせた面々は全員いくらを食べることに拒否感がなかったので、実に見事な親子丼が完成している。

真っ白なご飯の上に、ピンクの塩鮭が一面に敷き詰められている。これはリディとエトルが、手袋をしながら頑張って解したものだ。自分が頑張ったことが一目で解るので、若様は始終ご機嫌である。

そして、注目すべきは中央に鎮座する赤い物体、いくらだ。つやつやとした光沢が実に食欲をそそる。いくらの醤油《しょうゆ》漬けは、悠利が港町ロカで発見して買っておいたのだ。

生魚を食べるのは苦手な面々も、いくらには抵抗がなかったので一安心の悠利である。いくらがないと、親子丼にならないので。

これが鮭といくらの親子丼だと説明をされ、皆で食前の挨拶《あいさつ》をして、楽しく食事が始まっている。主に、リディが食べながら一生懸命悠利に話しかけている姿が微笑《ほほえ》ましい。

「ゆーり、ゆーり、さけ、おいしい？」

「うん、美味《おい》しいよ。リディの持ってきてくれる塩鮭は、本当に美味しいね」

「だろう！　とくさんひんなんだ」

えっへんと胸を張る若様。その隣で慎ましく食事をしているエトルは、ぼそりと「別に若様が育てたわけじゃないですけどね」という至極もっともなツッコミを口にしていた。しかし、悠利と話すのに夢中のリディの耳には入っていない。平和だった。

悠利も鮭といくらの親子丼をスプーンで掬《すく》って、口の中に運ぶ。脂のよくのった塩鮭なので、塩分と脂の旨味が口の中に広がる。いくらのぷちっとした食感も、噛《か》んだ瞬間に口の中に広がる醤油漬けの味も抜群だ。そして何より、それを包み込む白米のポテンシャルが凄《すさ》まじい。ご飯と鮭の相性は完璧《かんぺき》だった。

サーモンといくらで丼にするのも美味しいだろうが、塩鮭で親子丼を楽しむのもまた格別だ。なお、〆《しめ》にお湯、お茶、出汁《だし》などをかけて食べても美味しいだろう。出汁茶漬けが美味しかったのは前回に確認済みなので。

味噌汁も、具だくさんなので旨味がたっぷり染みこんでいて美味しい。野菜を取るための味噌汁なので、汁気よりも具材の方が多いイメージだ。

ちなみに、使っている具材は季節を無視したラインナップとなっている。それというのも、先日、収穫の箱庭に遊びに行ったときに悠利の友達であるダンジョンマスターから、大量にお土産を貰《もら》ったからだ。

迷宮食材をふんだんに使った味噌汁なので、シンプルな料理に見えてとても味わい深く仕上がっている。その美味しさを味わってほしくて、悠利は目の前で一生懸命に口を動かしているリディに声をかけた。

「リディもいっぱい食べてね。お味噌汁に野菜をいっぱい入れてあるから、そっちもだよ？」

「わかってる。これ、やさいがたくさんある」

「うん。たくさん貰ったんだ」

「もらった……？」

悠利の言葉に、リディは不思議そうな顔をした。誰に、どこで、何で？　みたいな不思議そうな顔をしている。そんなリディの脇腹を、エトルは小突く。何でもかんでも知りたがろうとしないでください、と言いたげに。

しかしリディはやっぱり気にしていない。じぃっと悠利を見ている。悠利の方は特に気にした風もなく、世間話の延長として口を開いた。

「収穫の箱庭っていう採取ダンジョンが近くにあるんだけどね。そこのお友達が、遊びに行くといつもお土産をくれるんだよ」

「普通に採取しに行ってるのに、ユーリが行くと何か追加貰うよな」

「お土産を渡したいんだって。友達だからって」

「仲良しだなぁ」

「仲良しですから」

からかうようなカミールに、悠利は笑顔で答える。当然じゃないと言いたげな悠利の顔を、リディはじっと見ていた。じぃっと。

リディが妙に真剣な顔で悠利を見ていることに、悠利とカミール以外の全員が動きを止めた。先ほどまで煩《うるさ》いほどに喋《しゃべ》っていた若様が、妙に大人しく黙っていることも含めて、色々と不気味だった。

そもそも、リディは感情表現がとても解りやすい。その彼が、無表情に近い真剣な表情で無言を貫いているなんて、どう考えても異常事態だ。大人達は、少しばかり嫌な予感がしていた。根拠はないが、リディの態度が彼らにそう思わせるのだ。

しかし、やはり、リディにそんな風に見つめられている悠利はまったく気付いていない。雑談に花を咲かせる悠利の横顔を、リディはじーっと見ているのだが。……悠利は気配とか諸々を察知する能力が低いので、気付かないのです。

「若様、食べないと冷めますよ」

「……わかってる」

エトルの言葉に、リディはこくりと頷《うなず》いて食事に戻った。そのまま、特に無駄口を叩《たた》くことなく黙々と食事を続ける。悠利とカミールの雑談を気にしているのか、耳と尻尾《しっぽ》がぴくぴくと動いていた。

けれどやっぱり、何も言わない。まるで嵐の前の静けさだと、エトルは縋《すが》るようにクレストとフィーアへ視線を向けた。護衛と世話役の二人は、そんなエトルの視線に、首を左右に振るのだった。彼らにも、若様の考えていることは解らなかった。

食事の後に、その友達に会わせろ！　と若様がわがままを言い出し、突然のことに皆が慌てるのだが、このときはまだ、誰もそのことを予測出来ていなかった。

◇◇◇

「にゃふー！」

「若様、また言葉が戻ってますよ」

「うみゃ……!?　わ、わかってるにゃ！」

「語尾、直ってませんけど」

「えとるは、いちいちうるさいにゃ！」

ぷんすか怒るリディに、エトルは面倒くさそうな顔をしている。

とはいえ、愛らしい子猫が二人、口喧嘩《くちげんか》をしている姿は見ている分には実に微笑ましい。それはダンジョンへの出入りチェックを行っている職員さん達にしても同じことらしく、リディやエトルを見つめる眼差《まなざ》しは優しかった。

そう、彼らは今、採取ダンジョン収穫の箱庭へとやってきていた。

しかし、当初のリディの予定にそれは含まれていなかった。お付きのクレストとフィーアがどれだけ諭しても、悠利が友達と呼んだダンジョンマスターに会いに行くのだと聞かなかったので、今に至る。

普段はリディの側を離れない大人二人は、仕事があるらしく後ろ髪を引かれる思いで別行動を取っている。

……本来ならば、若様と呼ばれる立場のリディも、彼らに同行しなければならないのだ。しかし、まだ子供のリディは一緒に行っても何もすることがないので、こうして己の我が儘を貫いたのだった。若様は、ちょっぴり我が儘で自己中心的なのです。

「リディ、一人で勝手にどこかに行っちゃダメだよ？」

「わかってる。だいじょうぶ」

「今日はクレストさんもフィーアさんもいないいんだからね？」

「もんだいない！」

自分の希望が通ったので、悠利《ゆうり》に注意されてもリディはご機嫌だった。にこにこしている。愛らしい子猫が楽しそうな姿は微笑ましいが、我が道をいく若様なので、心配事は潰《つい》えないのだ。

悠利はちらりと、本日の引率役に目を向けた。

見た目の割に繊細なリヒトお兄さんは、ダンジョンに入る前から胃痛を覚えているのか、眉《まゆ》を寄せて腹を押さえていた。思わず悠利が遠い目になるほどに、思いっきり胃をやられている。

そんなリヒトを励ましているのは、アロールだ。今日も首に相棒の従魔である白蛇のナージャを巻き付けている。見た目は小さな蛇のナージャだが、本性はヘルズサーペントという巨大な魔物なので、護衛として考えるとこの上なく心強い。

そのアロールの足下では、ルークスがぺこぺことナージャに頭を下げている。先輩、今日はどうぞよろしくお願いします！　みたいな雰囲気だった。多分間違っていない。

なお、憧《あこが》れの先輩と一緒に仕事が出来る！　みたいな感じで感極まっているルークスとは裏腹に、ナージャは面倒くさそうにルークスに接している。さっさとあっちに戻れと言いたげに尾が動く。相変わらずの二匹だった。

「……リヒトさんの胃、大丈夫かなぁ……」

自分と一緒に外出するときは色々と気を張っているらしいリヒトなので、ちょっと心配になる悠利だった。悠利にそのつもりはないが、毎度毎度何らかのトラブルを引っ張り寄せているので、リヒトがそうなるのも仕方ない。

悠利に自覚はまったくないが。自覚がないので、改善も出来ないのだが。

その上、今日は自由人を絵に描いたような我が儘なお子様、リディがいる。ただのお子様の子守ならまだしも、リディはワーキャットの里の次代様である。若様なのだ。つまりは重要人物。子守だけでなく、護衛も含まれている。

しかも、その護衛対象は目を離すとどこへ行くか解らないような子供だ。真面目なお兄さんには胃が痛いに違いない。

「大丈夫よ～。何かあっても、私がちゃあんと対処するわ」

「……僕としては、リヒトさんの胃痛の原因の半分ぐらいは、貴方《あなた》だと思います」

「あら、どうしてかしらぁ？」

悠利にしなだれかかりながら微笑むのは、マリアだ。見た目だけならセクシー系とか妖艶《ようえん》系と言うべき美女だが、彼女がそれだけの人物でないことを悠利は知っている。というか、今ここにいるメンバーの中で、一番爆弾を抱えているのはマリアだ。

麗しい美貌《びぼう》の素敵なお姉様に見える彼女は、職業《ジョブ》が狂戦士の戦闘バカだ。このダンジョンは主の意向を反映して実に平和だが、もしもうっかり何らかの戦闘スイッチが入ったら、マリアが一人で大暴れしそうで不安になる悠利なのである。

そんなマリアのことを考えて、悠利は魔法鞄《マジックバッグ》になっている学生鞄《かばん》に視線を落とした。そこには秘密兵器が入っている。

「まぁ、トマトジュースいっぱい持ってきたし、最悪の場合はルーちゃんにマリアさんの口に突っ込んでもらおう……」

「キュピ？　キュイキュイ！」

「ルーちゃん、いざってときは頼むね……！　マリアさんを暴走させるわけにはいかないから！」

「キュ！」

自分の名前が出たので戻ってきたルークスは、悠利のお願いに力強く頷いた。そんな愛らしい主従の必死な姿に、マリアは困ったように頬に手を当てながら「失礼ねぇ〜」と笑っていた。全然困ってない顔だ。

ダンピールのマリアは、血の気の多さをトマトジュースで抑えることが出来るという不思議な体質をしていた。なので、いざというときにはトマトジュースを口に注ぎ込むことで大人しくさせる作戦なのだ。

無駄に自信満々なリディにエトルが色々と注意をしている。苦しげに胃を押さえるリヒトをアロールが支え、自分が爆弾の自覚があるのかないのか楽しそうなマリア。本日の同行者を確認して、何でこんなことになったんだろうと、昨日のことを思い出す悠利だった。

「と、いうわけで、リディが明日、どうしても収穫の箱庭に行きたいって言うんです」

どうしましょう、と悠利がお伺いを立てたのはアリーだ。基本的に、悠利が予定にない行動を取るときは、全てアリーに確認してからなのだ。特に、普段の行動範囲から外れる外部に行くときは。

リディが駄々をこねた理由はただ一つ。

自分の大切な友人である悠利に、自分以外の友人がいることを知ったので、そいつに会わせろということだ。どっちが友人として上かを確かめてやる！　みたいな変な気合いが入っていた。そして、気合いが入りすぎたリディは、大人達の制止の言葉を右から左に聞き流したのだ。安定の若様。

しかし、ここで困ったことが起きた。

リディの護衛役のクレストと世話役のフィーアが、同行することが出来ないのだ。彼らには仕事があり、会う約束をした相手がいるのだという。そもそも、リディを含めて仕事で王都にやって来ているのだが、若様にその自覚はなかった。

百歩譲って先方に会いに行くのは大人だけで対処するとしても、リディと共に収穫の箱庭に赴くのがエトルだけになってしまう。そうなると、若様の護衛や引率という意味合いで人手が明らかに足りないのだ。

悠利とルークスとリディとエトル。現時点で決定しているのはこのメンバーで、護衛役としての仕事を果たせるのはルークスのみだ。しかし、子供ばかりで向かわせると何が起こるか解らないという意味では、ルークスはまったく役に立たない。

そもそもルークスは悠利至上主義なので、悠利がオッケーを出したら細かいことは気にしないのだ。ブレーキとか見張りという意味では、ちっともお役に立ちません。担当が違いすぎる。

「……保護者は不参加なんだな」

「……そうなんです」

「ちょっと待て。うちも、明日動ける指導係はいない……」

「わぁ……」

唸《うな》るアリーに、悠利は遠い目をした。引率者がいないという絶体絶命のピンチである。

悠利だけならば、最近は慣れてきたのもあって、戦闘能力のある訓練生達とでも問題はない。しかし、若様を連れ歩くのに大人がいないのは少々問題がある。

そこで、悠利はハッとした。訓練生にも大人はいる。それも頼れる大人が二人も。

「リヒトさんかヤクモさんはどうですか⁉」

「ヤクモは仕事が入ってたはずだ。リヒトは……、……予定はないだろうが、……確実に胃を痛めるぞ」

「……うぐ」

ぼそりとアリーが付け加えた一言に、悠利も言葉に詰まった。真面目で繊細なリヒトお兄さんの胃がヤバいというのは、確かに解る。不安しか存在しないパーティー編成なので。

それでも、とりあえず聞いてみるかということで、悠利とアリーはリビングに向かった。くつろいでいるリヒトに話を持ちかけたところ、彼は真っ青になった後に、こう叫んだ。

「せめてアロールを同行させてほしい！」

「何でそこで僕を巻き込もうとするの⁉」

たまたまリビングにいたアロールは、名指しされて思わず叫んだ。十歳児の僕っ娘アロール、渾《こん》身《しん》の絶叫である。何でそんな面倒くさいことに巻き込まれないといけないんだ、と言いたげだ。気持ちは解る。

しかし、リヒトにはリヒトなりの言い分があった。割と切実な。

「アロールはしっかりしてるし、何より、あの子の言葉が解るだろう？」

「……は？」

「喋《しゃべ》れるようになったとはいえ、まだ感情が高ぶると猫語に戻るじゃないか。その時の、あの子の言いたいことをちゃんと理解できるアロールがいてくれたら、まだ、希望はある！」

「……リヒトさん、そんな絶望の塊を相手にするみたいな言い方を……」

どれだけ不安要素に思われてるんだろう、と悠利は思った。見習い組と一緒に庭で楽しく遊んでいるだろうリディは、自分がこんな扱いを受けているとは思わないはずだ。

しかし、リヒトの言葉はアロールに響いたらしい。言いたいことは解ると言いたげな顔をしている。

しばらく真剣に唸って考え込んでいたアロールだが、やがて諦《あきら》めたように口を開く。

「まぁ、一度ダンジョンマスターに会ってみたかったのもあるし、特に明日は予定もないから、同行しても良いけど」

「ありがとう、アロール！　本当にすまない。今度何か奢《おご》るからな」

「別にリヒトに奢られる理由はないよ。ユーリに奢らせるから」

「僕なの⁉」

「元凶はユーリだろ」

「……うっ」

アロールの言葉を、悠利は否定できなかった。悠利が食事の席でダンジョンマスターの話題を出さなければ、リディが食いつくこともなかったのだ。若様のわがままが原因ではあるが、そもそもの発端は悠利の雑談で間違いはない。

そんな三人のコントめいたやりとりを見ていたアリーが、リヒトとアロールの肩を叩《たた》いて口を開く。

「お前らには世話をかけるが、こいつ含めて見張りを頼む」

「解った」

「任された」

「待ってください、アリーさん。何故《なぜ》、僕まで含むんですか⁉」

濡《ぬ》れ衣《ぎぬ》ですと悠利が声を上げるのに対して、アリーは面倒くさそうな顔で一言告げた。一刀両断だった。

「いつもと違う状況になったときに、お前がやらかす確率の高さを思い出せ」

「……や、やらかしてないです」

「言い方を変える。面倒事を引き寄せた回数を思い出せ」

「……うぅ」

当人に悪気がなかろうが何だろうが、トラブルをうっかり引っ張り寄せているのは事実なので反論が出来なかった。それでも、別にわざとじゃないもんとぼやく悠利。わざとじゃないからこそ、対策が取れなくて皆が困っているのだが。

何はともあれ、引率者と通訳を確保することが出来た。リヒトとアロールには迷惑をかけるだろうけれど、何とか穏便にリディをダンジョンマスターに会わせて帰ろうと思う悠利だった。


そんな経緯で本日のメンバーが決定したのだが、悠利は自分にくっついているマリアを見て、盛大にため息をついた。

「マリアさんは予定メンバーに入ってなかったんですよ……？」

「あらぁ、だって、護衛役がリヒト一人だなんて、大変そうじゃない～」

「マリアさんに護衛が出来るんですか？」

「大丈夫よ～。このダンジョン、弱い魔物しかいないし、戦闘にならないし、私をわくわくさせる相手がいないから、冷静なままよ」

「……ワー、頼モシイナー」

遠い目をして片言で呟《つぶや》く悠利《ゆうり》に、マリアはやっぱり楽しそうに笑っている。暇つぶしなのかなーと思うことにした悠利だった。

そう、マリアが同行する予定は、なかったのだ。けれど、悠利達が出掛けると聞いた彼女は、ちょうど休みだからと同行を申し出たのだ。

ちなみに、リヒトとアロールは物凄《ものすご》く嫌そうな顔をした。彼らにとって、マリアは制御不可能な爆弾だ。核弾頭みたいなものかもしれない。ただでさえ不安要素たっぷりのメンバーなのに、そこに追加要素で爆弾は欲しくなかったのだ。

けれど、マリアの言う「護衛役が務まる戦闘力の持ち主が少ないんじゃないの？」という意見を、否定することは出来なかった。ルークスとナージャという従魔コンビがいるとはいえ、彼らはあくまで従魔だ。判断を下せる人間という意味での戦闘担当はリヒトのみなのだから。

結局、行き先がマリアを本気にさせる相手がいないダンジョンであることで、彼女の同行は認められることになった。本人も今日は戦闘をするつもりはないらしく、何かあったときの警戒要員ぐらいのつもりらしい。

……それで終わってくれれば良いなと思う悠利達だった。

「ゆーり、はやくいこう！」

「あー、うん。そうだね。あの子も待ってるだろうから、行こうか」

ダンジョンの入り口でのわくわくを満喫したらしいリディが、悠利の腕を引っ張りにくる。行こう行こうと楽しそうな顔を見ていると、思わず悠利も笑みを浮かべる。子猫の笑顔は可愛《かわい》い。とても可愛い。

先頭を歩くのは悠利で、リディと手を繋《つな》いでいる。エトルはそのリディのすぐ後ろを歩き、アロールがエトルに並んで歩く。そして、最後尾をマリアとリヒトが固める形だ。

悠利の足下をルークスがぽよんぽよんと跳ねながら進んでいるので、厳密に言えば最前列はルークスになるだろう。何度も足を運んだダンジョンなので、ルークスも慣れたものだった。

「ダンジョンの見学は挨拶《あいさつ》の後にしようね」

「わかった」

「ここを真っ直ぐ行くとあの子の部屋に行けるんだよ」

「たのしみだ！」

にぱっと笑うリディ。しかし、その笑顔には何やら燃えるものが含まれていた。待っていろライバル、みたいな感じだ。

若様の思考が手に取るように解るのか、エトルが小さく息を吐き出した。まったくもう、と呟く姿は哀愁が漂っている。それと同時に、どこか慣れていた。いつものことなのかもしれない。

「君も、大変なんだな」

「え？」

「自由人な若様に振り回されて」

「……あー、はい。でもまぁ、これが僕の、お役目なので」

労《いたわ》るようなアロールの言葉に、エトルは困ったように笑った。若様のご学友。それがエトルの役割だ。我が儘放題で自由奔放な若様と一緒にお勉強をする立場。将来的には、若様の側近になるのがエトルのお役目だ。

だからエトルは、リディに苦言を呈する。リディが間違えたときは、遠慮なくツッコミを入れる。それが許される立場が、ご学友なのだ。気苦労も多いが、同時に一番近しい場所にいるのも事実だった。

もっとも、リディにとってエトルは、いつも一緒の友達という感覚なのだろう。ご学友とか、未来の側近とか、そういう難しいことは後回しにしているような雰囲気がリディにはある。若様はまだまだ遊びたい盛りのお子様なのだ。

「ゆーり、あのたからばこは？」

「アレはね、何が出るか解らない不思議な箱だよ。このダンジョンで手に入るものが入ってるんだけど、開けてみないと中身が何か解らないんだよ」

「あけていいの⁉」

「開けても大丈夫だよ」

「あける！」

解りやすいデザインの宝箱なので、露骨にリディの興味を引いたらしい。悠利に許可を貰《もら》った子猫は、喜び勇んで宝箱に飛びついて、小さな手で一生懸命に蓋《ふた》を開けた。

そして――。

「……ぴーまん？」

「うーんと、赤やオレンジだから、パプリカかな。美味《おい》しそうだね」

「……なぜ、やさい……」

開けたらお宝が出てくると思っていた若様のテンションは、物凄く下がった。反対に悠利は、立派なパプリカにうきうきしている。大ぶりで艶々《つやつや》したパプリカが五つほど入っていたので、学生鞄《かばん》にそっとしまい込む。

思ったのと違うと言いたげにしょんぼりしているリディを、友達としてルークスが慰めていた。ここはそういうダンジョンなんだよと言いたげに。

そう、ここはそういうダンジョンです。出てくるのは主に食材です。解りやすい伝説のアイテムとか凄《すご》い鉱石とかレア武器とかは出てこないのです。

そんな一幕もありつつ、一行はダンジョンコアのある部屋へと辿《たど》り着《つ》いた。ダンジョンの心臓部とも言うべき場所だ。ちなみに、本来なら少し前の宝箱が置いてある部屋の辺りから、門番みたいな魔物がいるはずである。でも悠利がその魔物に出会ったことはない。悠利達が来るのに気づいたら、そういう物騒なものは遠ざけてくれているのだ。お友達なので。

初めてダンジョンコアを見たアロールは、言葉には出さないが随分と感動しているようだった。リディとエトルも、大きなダンジョンコアを見て興奮している。そんな子猫達を横目に、悠利はのんびりと虚空に向けて声をかけた。

「遊びに来たよー」

実に能天気な呼びかけだった。そして、その呼びかけに答えるようにふわりと小さな影が空中に現れる。

「イラッシャイ」

「大勢でお邪魔してごめんねー」

「大丈夫ダヨ」

ふよふよと空中に浮かんでいるのは、このダンジョンのダンジョンマスターだ。雨合羽を着た子供のような、小さな隠者のような雰囲気をしている。フードと前髪の影になっていて目元は見えないのだが、小さな口元は楽しそうに笑っていた。

悠利とハイタッチをして再会を喜んでいたダンジョンマスターは、本日の同行者を見て首を傾《かし》げた。見知らぬ相手がいっぱいだ。

けれど、その視線がリヒトに固定された瞬間、ぱぁっと誰の目から見ても解りやすいほどにその空気が晴れやかになった。端的に言えば、喜んでいる。

「オ兄サン、来テクレタノ？」

「……は？」

「オ兄サン、久シブリ！　会エテ嬉《ウレ》シイ！」

イラッシャイ、とにこにこしているダンジョンマスターに、リヒトは意味が解らずに混乱していた。確かに彼らは顔見知りではあるが、何故ここまで熱烈歓迎されるのかがリヒトにはさっぱり解らないのだ。

何度か足を運んだことはある。けれど、こんな風に懐かれるようなことをした覚えはなかった。

しかし、ダンジョンマスターはてれてれしながらリヒトの前にふわふわと浮いている。

「あー、あのですね、リヒトさん」

「何だ、ユーリ」

「この子、どうもリヒトさんのことが大好きみたいで」

「……何故⁉」

本気で理解できないと言いたげなリヒトに、悠利も首を傾げている。理由は悠利も解らない。解るのは当人だけだろう。

なので、悠利達はじっとダンジョンマスターを見つめた。視線を受けたダンジョンマスターは、不思議そうに小首を傾げた後に、にぱっと笑って答えた。幸せそうに。

「オ兄サン、優シイカラ！」

「……そっか。ありがとう」

「ウン」

リヒトに頭を撫《な》でられて、ダンジョンマスターは嬉しそうだった。親戚《しんせき》のお兄さんに懐いている幼児みたいな構図だ。

その光景を見て、アロールがぼそりと呟いた。

「リヒトって、子供とか年寄りに好かれるよね」

「同年代にも慕われるわよ～？」

「でも、圧倒的に子供に好かれる」

「アロールも懐いてるものねぇ」

「……信頼に値する大人かどうかってだけだよ」

「あらあら、素直じゃないわぁ」

うふふと楽しげに笑うマリアに、アロールは面倒くさそうに視線を逸らした。マリアもそれ以上は何も言わなかった。

盛り上がっている一同を大人しく黙って見ていたリディが、ダンと強く強く地面を踏んだ。それまで一生懸命に若様を宥《なだ》めていたエトルが、諦《あきら》めたようにため息をついている。一応、お話が一段落するまで耐えたので、若様にしては頑張った方である。

「ゆーり、こいつが、ともだちなのか？」

「あ、うん、そうだよ、リディ。このダンジョンのダンジョンマスターくん」

「……誰？」

悠利の足にくっついて問いかけているリディを、ダンジョンマスターは不思議そうに見下ろしている。見慣れない相手、それもワーキャットなので、この子猫さんだあれ状態なのだろう。

リディは、そんなダンジョンマスターに胸を張る。自信満々のドヤ顔で、若様は言い放った。

「ぼくは、ゆーりのともだちだ！」

えっへんという雰囲気の若様に、エトルは面倒くさそうに視線を明後日《あさって》の方向に逸らしていた。

それ以外の面々は、微笑《ほほえ》ましそうに若様を見ている。お子様可愛いなーという感じで。

仲良しをアピールするために悠利の足にくっついているリディを、ダンジョンマスターは見てい

る。きょとんとしていたその顔が、ぱぁっと笑顔になる。

ライバルがいきなり笑顔になったので、意味が解らずに眉《まゆ》を寄せるリディ。そんなリディに向けて、ダンジョンマスターは顔を輝かせて声をかけた。わざわざリディと目線を合わせるために地面に降りたって、だ。

「ジャア、僕トモオ友達ニナッテクレル？」

「……え？」

「友達ノ友達ハ友達ダッテ、前ニ聞イタヨ？」

うきうきしているダンジョンマスターの言葉に、リディは助けを求めるように悠利《ゆうり》を見た。何でこいつこんなこと言ってるの？　と言いたいのだろう。リディはただ、どちらが友人として上かを教えたかっただけなのだ。それなのに、何故《なぜ》か突然距離を詰められて、混乱している。

リディの困惑も、ダンジョンマスターの言い分も理解できた悠利が、楽しそうに笑いながら二人の頭を撫でた。

「そうだね。二人が友達になってくれたら、僕も嬉しいなぁ。皆で仲良く出来るしね」

「……ダヨネ」

「……ッ、……むぅ」

悠利とダンジョンマスターがにこにこと笑い合っているのを見て、リディは小さく唸《うな》った。悠利は自分の大事な友達で、一番の友達は自分だと思っている子猫の若様は、ライバルと仲良くする悠利の姿には色々と思うところがあるのだ。

けれど同時に、悠利を困らせるのも悲しませるのも嫌だった。むしろ喜ばせたいと思っている。なので、しばらく考えた末に、口を開いた。

「しかたないな。どうしてもというなら、ともだちに、なってやる」

「……若様」

何でそんな言い方しか出来ないんですか、というエトルのツッコミを、リディは右から左に聞き流した。普通に考えて、こんな偉そうにされたら反発を抱かれるだけだ。

けれど、相手は普通の存在ではなかった。

「本当⁉　嬉シイ！　オ友達、マタ増エタ！」

ぎゅうっとリディの手を強く握った後、ダンジョンマスターはその場でくるくると回り始めた。喜んでいるのが丸わかりだ。自分の手を握ったときの力の強さと、目の前で楽しそうに回る姿に、リディはきょとんとする。

友達が出来たことをこんなに喜ぶなんて、とは思わない。若様にも気持ちは解るのだ。友達を作るのは難しい。とてもとても、難しい。普通じゃない立場の彼らには、普通の友達を作るのはとても難しい。

だから、リディは大喜びするダンジョンマスターを拒絶しなかった。その代わりのように、おいと声をかける。

「ナァニ？」

「なまえは？　ぼくは、リディ」

「「……名前？」」

友達なら名前で呼ぶのが当然だろうと言いたげなリディの態度に、ダンジョンマスターだけでなく、悠利まで首を傾げた。二人の反応に、リディはえ？　という顔をする。

そこで悠利は、ハッとしたように叫んだ。

「そういえば、僕、君の名前知らない！」

「なんで⁉」

ダンジョンマスターを見て叫んだ悠利に、ツッコミを入れたのはリディだった。当のダンジョンマスターは、首を傾げるだけだ。リディは悠利の足をぺしぺしと叩《たた》いて、なんでだよとツッコミを入れている。友達なのに名前を知らないなんて、不自然だという訴えだ。

そんな二人を見て、ダンジョンマスターは口を開いた。

「僕ノ名前……。エーット、僕ハ、収穫ノ箱庭ノダンジョンマスターダヨ」

「それは、なまえじゃ、ない！」

「エ？」

「なまえじゃにゃーい！」

興奮のあまり語尾が猫語に戻ってしまう若様。にゃうにゃうと何かを言っているが、猫語なので悠利達には解らない。通訳を求めようとした瞬間、自主的に通訳が動いた。アロールだ。

「ダンジョンマスターは役職名だから、個人名じゃないだろうって怒ってるよ。彼が若様と呼ばれるように、エトルが学友と呼ばれるみたいなものだろう、と」

「……ソウ、ナノ？」

「この子は、君の個体名を知りたがってるんだと思うけど」

「………」

アロールの言葉に、ダンジョンマスターは俯《うつむ》いた。感情が高ぶって猫語でにゃーにゃー言っているリディは気付いていないが、俯いたダンジョンマスターの身体《からだ》は小さく震えていた。しょんぼりしていた。

悠利が見かねてどうしたのと問いかければ、ダンジョンマスターは頭を上げて、そして、困ったように呟《つぶや》いた。

「僕、他ニオ名前、ナイノ」

「え……？」

「ナイノ」

きょとんとする悠利と、同じようにきょとんとしているリディ。エトルもだ。けれど、アロールとリヒトとマリアは、何も言わなかった。彼らは、ダンジョンマスターの答えを理解していたのだ。

少しして、意味の解っていない悠利達に、アロールは説明をしてくれた。

「ダンジョンマスターも魔物の一種だからね。名前持ち《ネームド》でないかぎり、個体名を持たないんだよ」

「あ……」

「なまえが、ない……？」

「そもそも、彼はここのダンジョンマスターだ。他者と認識が被ることがないし、個体名がなくても苦労はしなかったんだよ」

アロールの説明に、悠利はなるほどと呟いた。悠利の足下でルークスがぽよんと跳ねる。愛らしいスライムだが彼は名前持ち《ネームド》という規格外だ。でも、それは珍しいことだと悠利は以前説明を受けている。

納得しなかったのは若様だ。むぅむぅと唸っていた子猫は、びしっとダンジョンマスターに指を突きつけて叫んだ。

「わかった！　なら、ぼくがなまえをつけてやる！」

「若様⁉」

「リディ？」

「え……？」

いきなり何を言い出すのかと声を荒らげるエトルを、リディは綺麗《きれい》さっぱり無視していた。悠利もリディの考えが解らずにきょとんとしている。そして、ダンジョンマスターも混乱している。

けれど、一番立ち直るのが早かったのは、ダンジョンマスターだった。リディをじっと見つめて、問いかける。

「良イノ？」

「ともだちに、なまえがないのは、ふべんだ」

それだけで、それ以上の理由はないのだと言いたげな態度。けれど、リディが彼なりにダンジョンマスターを思っているのは誰の目にも明らかだった。言動は偉そうだが、若様は若様なりに一生懸命なのだ。

悠利はちらっとアロールを見た。大丈夫なの？　という確認だ。魔物に名前を付けるのは魔物使いの領分ではないかと思ったので。

そんな悠利に、アロールは少し考えてから小さく頷《うなず》いた。大丈夫、と声に出さずに返事をする。

アロールがそう言うならと、悠利はちびっ子達のやりとりを見守ることにした。

「きょうから、おまえは、まぎさ、だ」

「マギサ？」

「そうだ。ゆーり、ゆーりもちゃんと、そうよぶんだぞ！」

「うん、解ったよ、リディ。……良い名前を貰《もら》ったね、マギサ」

「……マギサ……。僕ノオ名前……」

リディと悠利に呼ばれて、ダンジョンマスターは嬉《うれ》しそうに、はにかんだように口元を緩めた。自分に名前が与えられて、それをお友達が呼んでくれるという状況は、彼にとって何よりも得難い幸福なのだった。

そんなこんなで、新しい友人関係が出来上がり、ダンジョンマスターは自分だけの名前を手に入れるのでした。可愛《かわい》いと仲良しは正義。

◇◇◇

「アノネ、オ昼ゴ飯食ベル場所、作ッテオイタヨ」

「「はい？」」

てれてれとした雰囲気でダンジョンマスターが告げた言葉に、一同は首を傾《かし》げた。喜んでくれるかなぁ？　みたいな空気を漂わせているダンジョンマスターには悪いが、言葉の意味がさっぱり解らない一同だった。

一番初めに立ち直ったのは、やはりと言うべきか、悠利だった。伊達《だて》にお友達ではない。

「別の場所に、お弁当を食べる部屋を用意してくれたの？」

「ウン」

「そっか。ありがとう。近く？」

「コノ隣」

いつの間に作ったんだと言いたげな一同の視線を気にせずに、ダンジョンマスター改めマギサはにこにこと笑っている。見た目は愛らしい幼児だが、腐ってもダンジョンを統べるダンジョンマスターだ。離れ業をかるーくやってのけるだけの規格外っぷりは健在だった。

この隣とダンジョンマスターが示したのは、壁だ。そこ、壁なんですけどと言いたげな若干名を無視して、ダンジョンマスターは掌でぺたんと壁に触れた。瞬間、壁が消えて隣の空間へ繋《つな》がる道が出来た。

「……こんな簡単に道って出来るもんなのか……」

「ははは、アロール。道だけじゃないぞー。多分、この向こう側は思いもしない光景になってると思うぞー」

「…………リヒト、顔が死んでる」

「……何で俺、ここにいるんだろうな」

「しっかりして、引率者。もう一人の大人は頼りにならないんだから」

頑張れとアロールに励まされて、リヒトはしょんぼりと肩を落とした。失礼な言い方をされたマリアは、何も気にしていなかった。仲良しねぇと笑っている。彼女は細かいことを気にしない大らかな気性をしているのだ。ある意味で器は大きい。

マギサに手を引かれて、悠利とリディが隣の空間へと消えていく。エトルが慌ててそれを追いかけ、ルークスも続いた。彼らだけを野放しにするのはアレだし、自分達も食事をしたいのでアロール達も悠利達の後を追う。

「うわぁ、すごい……！」

足を踏み入れた先の空間を見て、悠利は感嘆の声を上げた。そこは、とてもではないがダンジョンの中とは思えない場所だった。……いや、そもそもこのダンジョンは「果樹園ですか？」「畑ですか？」みたいな空間が広がるので、普通のダンジョンとはちょっと違うのだけれど。

それを差し引いても、悠利の目の前に広がったのは不思議な空間だったのだ。

「アノネ、イッパイダカラ、ピクニックガ出来ルヨウニシタヨ」

どうかな？　と聞くように両手を広げて説明をするマギサに、リディは感情の赴くままにどーんと抱きついた。その勢いに驚いて、マギサの身体がころんと仰向けに倒れる。当然ながら、リディも一緒に倒れた。

ちびっ子二人が倒れ込んだ先は、軟らかな土とたくさんの草花で満ちていた。いわゆる花畑という感じなので、痛みはない。ただ、驚いたようにマギサがリディを見ているだけだ。

「リディ？」

「まぎさ、おまえ、すごいな……！」

「え？」

「このはなばたけ、まぎさがつくったんだろう？　すごい！　すごい！」

若様は大興奮していた。殺風景なダンジョンの中に、突然広がった花畑に、感動しているのだ。どういう仕組みか青空と太陽まで広がっている。天井は高く、屋外だと言われても信じてしまいそうなぐらいだ。何がどうなっているのかは、誰にも解らない。

ついでに、全員がこちら側に来た瞬間、通路は閉じた。呼んでない人が入ってくるのを防ぐためだ。ここはお友達のための空間なので、他の人を入れるつもりはないダンジョンマスターなのである。

大喜びしているリディと、全力で褒められてまんざらでもない雰囲気のマギサ。ちびっ子二人の可愛らしさを満喫しながら、悠利は昼食の準備に取りかかった。準備と言っても、お弁当を作ってきたので、それを出すだけだが。

魔法鞄《マジックバッグ》である学生鞄《かばん》から、複数の弁当箱を取り出す悠利《ゆうり》。簡単に食べられるおかずと、おにぎりが沢山詰め込まれている。おかずは玉子焼きや塩キュウリ、プチトマト、ウインナーなどの、フォークで簡単に食べられるものになっている。屋外なので、食べやすさを重視したのだ。

おにぎりも、味は何種類か用意してある。シンプルな塩むすびや、焼き鮭を中に詰め込んだもの。解《ほぐ》した鮭の身を混ぜ合わせたピンクの斑《まだら》模様になっているものもある。おにぎりの定番梅干しは、少し少なめだ。今日のメンバーはそこまで梅干しに食いつかないので。

「それじゃ、皆でお昼にしましょー！」

弁当箱を全て並べた悠利は、水筒とコップも準備して、にこにこ笑顔で宣言した。地面に座って皆で弁当箱を囲むピクニックスタイルは、マギサが用意した花畑であることもあいまって、実にしっくりきていた。

リディは当然のように悠利の隣に陣取り、興味深そうに弁当箱を見ている。何が入っているんだろう、これはどれだけ美味《おい》しいんだろう、という感じで、言葉にせずとも顔が思いっきり物語っていた。

「マギサもおいで。一緒に食べようね」

「ウン」

ふわふわと浮いていたマギサは、悠利に言われてリディと反対側の悠利の隣にちょこんと座った。いただきますと元気よく挨拶《あいさつ》をしておにぎりにかぶりつく姿は、実に可愛らしい。もごもごと口を動かしながらおにぎりを食べるリディとマギサの姿に、他の面々も弁当へと手を伸ばした。

悠利が手にしたのは、ピンクの斑模様になっているおにぎりだ。これは、昨日リディが持ってきた塩鮭を混ぜ込んだものだ。真ん中に身を入れるタイプのおにぎりよりも、全体に味が馴染《なじ》むので悠利はこちらの方が好きだったりする。

ぱくりと囓《かじ》れば、白米の甘みと塩鮭の旨みが口の中に広がる。脂のしっかりのった塩鮭だったので、旨みが凄《すご》い。こうしておにぎりで食べても、その美味しさは損なわれない。むしろ、混ぜてある分、絶妙な調和を果たしているとも言えた。

「んー、リディの持ってきてくれた塩鮭、本当に美味しいよねぇ……」

「ん？　そうなの？」

「そうだよ、リディ。おにぎりの鮭は、全部リディの持ってきてくれたやつ」

「そうか……！　まぎさ、これ、ぼくがもってきたやつだって！」

「ソウナンダ」

小さな口でおにぎりを食べていたマギサに、リディは嬉しそうに話しかける。どうだ、美味しいか？　と態度で聞いてくるリディに、マギサはこくこくと頷いている。返事をしないのは、口の中いっぱいにおにぎりを頰張っているからだ。

実に、愛らしい光景だった。その正体を考えなければ、実に、愛らしい。

「……リヒト、食が進んでないよ」

「いや、うん。毎度毎度こう、何でこんな感じになるんだろうなと思ったら……」

「考えるだけ無駄だから、とりあえず食べたら？」

「……そうする」

どうぞとアロールに差し出されたおにぎりを、リヒトは大人しく受け取った。悠利の弁当は美味しいのだ。塩キュウリは丁度良い塩加減だし、玉子焼きは醤油《しょうゆ》味が優しい。ウインナーも皮はパリッと中はジューシーだ。どれもこれも美味しい。

そう、ご飯は美味しい。目の前で仲良くしているちびっ子も微笑《ほほえ》ましい。それは事実だ。間違ってはいない。

ただ、目の前にいる相手の正体とか、彼らが来訪してから用意されたであろうこの空間とかを考えると、リヒトの繊細な胃がキリキリするだけだ。アロールもそれは解っているので、宥《なだ》めるようにリヒトの背中をぽんぽんと叩《たた》いている。

……彼女は、本日の自分の役割をリヒトのサポート役だと理解していた。目の前のダンジョンマスターを興味深そうに見ていても、役目を放棄したりはしない。出来る十歳児はその辺しっかりしているのだ。

そんな二人のやりとりを見ながら、マリアは黙々とおにぎりを食べていた。ほっそりとした妖艶《ようえん》美女だが、彼女は戦闘特化タイプのお姉さんなのでそれなりに食べる。ただし、大食漢と呼ばれる面々と張り合うかというとそこまでではない。見た目よりはよく食べるというだけだ。

あーんと口を開けてプチトマトを食べるマリアの表情は、幸せそうだ。彼女はトマトが好物だし、トマトで血の気を抑え込めるという性質の持ち主なので、トマトがあればそれで割とご機嫌なのだった。

「キュー」

「あ、ルーちゃんもう食べ終わったの？　早いねぇ」

「キュイ」

ご馳走様《ちそうさま》でした、とぺこりと悠利に頭を下げるルークス。弁当箱いっぱいに入っていた野菜炒《いた》めは、綺麗《きれい》に平らげられていた。さらに、ルークスが食べ終わってから体内で綺麗にしたので、弁当箱はピカピカだった。実に便利なスライムだ。

ナージャも既に食事を終えており、アロールの傍らで蜷局《とぐろ》を巻いている。よく見ればルークスは弁当箱を二つ持ってきていた。どうやら、先輩の分も後輩の自分がお片付けをしようと思ったらしい。ルークスはナージャを尊敬しているのだ。

皆もそれなりに腹が満たされて、食事の速さが落ち着いてきていた。そんな中、不意にアロールが、大人しく食事をしているエトルに声をかけた。

「ねぇ、リディが付けたマギサって名前、何か意味があるの？」

「え？」

「随分と迷いなく付けてたみたいだけど、意味があるのかなって」

アロールの質問に、エトルは手にしていたおにぎりを食べきってから口を開く。もぐもぐと口を動かし、慌てず騒がず口の中身を咀嚼《そしやく》してから喋《しやべ》るのは、教育が行き届いているとも言える。

……米粒を付けたまま、感情のままに喋る若様とは雲泥の差である。若様は自由です。

「マギサというのは、我々の里に伝わる昔話に出てくる魔法使いの名前です」

「魔法使いの名前？」

「若様はその昔話が大好きで、ワーキャット達にたくさんの恩恵をもたらしたというその魔法使いを尊敬しているんです」

「……へぇ。憧《あこが》れの存在の名前を付けたんだ」

エトルの説明に、アロールが小さく笑った。最初は喧嘩腰《けんかごし》だったリディが、その実マギサをちゃんと認めてその名前を与えたのだということが解ったからだ。

大切な思いがこもった名前を与えるというのは、それだけ相手を思っている証拠だろう。言葉を交わして、ライバルから大事な友達にカテゴリーが変更された感じだ。

二人のやりとりを聞いていた悠利が、口を開く。ちょうどマギサの名前についての話の流れだったので、良いタイミングだと思ったのだ。

「ねぇ、アロール。リディがマギサに名前を付けたけど、それって問題はないの？」

「魔物に名前を付けて何らかの効果が出るのは、契約を結んだ魔物使いぐらいだよ」

「そうなの？」

「多分だけど、呼称として名前を付けるのと、存在に名前を紐付《ひもづ》けるのは別なんだと思う。だから、リディがダンジョンマスターにマギサという名前を付けたとしても、それは本質としての名前にはならない」

「「……？」」

どういう意味？　と首を傾《かし》げる一同に、アロールは少し考える。彼女としては比較的解りやすく説明したつもりだが、いかんせん本職とそうでない者の間では認識にズレが生じるのは仕方ない。どちらが悪いわけではないのだ。

しばらく考えてから、アロールは自分の感じている感覚に近いものをたとえに出した。

「あだ名みたいなものだと考えれば良いと思う」

「あだ名？」

「そう。呼び名として定着してても、あだ名はあだ名だ。本名にはならないだろう？　魔物使いが行う名付けや、名前持《ネームド》ちが所持している名前は本名で、そうでない存在が名前を与えてもあだ名にしかならないって感じ。……解る？」

一息に説明をして、アロールは窺《うかが》うように悠利を見た。上手に説明するのは難しい。彼女には、他に例えられるものが見つからなかった。これで解ってもらえないとなると、万事休すだ。

けれど、幸いながら悠利達はアロールの説明に納得したように頷《うなず》いている。本名とあだ名の違いは彼らにも解るので、そういうものかと理解できたのだ。

「そうやって考えると、魔物使いって凄いんだねー」

「魔物使いが行う名付けは契約だからね」

「じゃあ、アロールがこの子をマギサって名付ければ、本名になるの？」

「……可能性はあるけど、僕は全力で拒否するからね」

「え？　何で？」

「何でも！」

不思議そうに首を傾げる悠利に、アロールは思わず叫ぶ。いきなりとんでもないことを言い出さないでくれという心境だった。ついでに、悠利の台詞《せりふ》に反応したのか、リディとマギサが興味津々といった表情でアロールを見ているのだ。冗談ではない。

能天気な悠利と、好奇心旺盛《おうせい》な若様と、お名前に反応しているダンジョンマスター。混ぜるな危険みたいな三人から、アロールは全力で視線を逸らした。彼女は面倒事を嫌う、いたって常識的な人物なのである。

見かねたリヒトが、思わず口を挟む。……彼は常識人で優しいお兄さんなので、困っているアロールを見過ごせなかったのだ。

「ユーリ、相手はダンジョンマスターだぞ。契約に結びつくかもしれないような危険なことを、アロールがするわけにはいかないだろう？」

「はい？」

「ダンジョンマスターはダンジョンの主だ。それと魔物使いが契約を結ぶなんて、あり得ないことだし、危ない橋は渡らない方が良い」

「契約、結んじゃダメなんですか？」

「ダメに決まってるだろ！　他の従魔達みたいに連れ回せるわけがないし、反発されたらこっちが死ぬから！」

この子はそうじゃないとしても、と付け加えるのを忘れない辺り、アロールもその辺は解っているらしい。だがそれでも、一般論としてダンジョンマスター相手に契約を持ちかける危なさを彼女は叫ぶ。

悠利はイマイチ解っていないが、リヒトもマリアも力一杯頷いている。リディとエトルは悠利同様よく解っていないが、それは彼らが子供だから仕方ない。なので、悠利はそういうものなのかと納得した。自分の知らない世界があるんだなという感じで。

納得しなかったのは、ダンジョンマスターその人である。

「オ名前……」

「呼び名が出来たのは事実なんだから、それで納得して。お願いだから。僕には、君という存在を背負うだけの覚悟はない」

「……解ッタ」

「……君が嫌いなわけじゃないんだよ。ただ、僕みたいな子供で人間の魔物使いに、ダンジョンマスターである君と契約を結ぶのは無理だって話だから」

ダンジョンマスターは、ダンジョンコアと命を共有しているので、厳密な意味で寿命は存在しない。倒されたら死ぬけれど、それは倒されたらだ。自然死は存在しない。

そういう意味で、アロールは自分では背負えないと告げたのだ。ダンジョンまるごと責任を取らなければならなくなるし、何より、人間の寿命は短い。名付けて契約をして、その後に残していく時間の方が長くなるのに何かをするのは、無責任だ。

ちなみに、普通のダンジョンマスターはこんな風に友好的ではないし、契約を求めてきたりしない。大体は出会った瞬間に戦闘になるので、倒すか倒されるかだけだ。

つまり、マギサは元々の性質からして、かなり規格外のダンジョンマスターなのだ。悠利《ゆうり》とお友達になってしまうだけのことはある。

「色々と難しい話なんですねぇ」

「ユーリ」

「何ですか、リヒトさん」

「この話題は、ここで終わりにしておこうな」

「はい？」

「頼むから、アリー相手に蒸し返さないでくれるな？　な？」

「……えーっと、言わない方が安全ですか？」

のんびりとしていた悠利は、リヒトの切実な訴えに困った顔で問いかけた。そんな悠利に、リヒトは真顔で言い切る。

「雷が落ちても良いなら、言ってくれ。そして一人で怒られてくれ」

「……黙ってます」

やぶ蛇はごめんだった。アリーを無意味に怒らせたくないのは悠利だって同じなのだ。黙っていた方が良いのなら、黙っていようと思った。

そんな風に悠利が決意を固めていると、いつの間にか食事を終えたらしいマリアが、楽しそうにエトルの肉球を触っていた。ぷにぷにの肉球が気持ち良いらしい。美人なお姉さんに捕まったエトルは、少しだけ固まっていた。

そこへ、エトルが遊んで貰《もら》っているのだと思ったリディが突撃する。どーんとエトルに抱きつくように突撃し、マリアの顔をキラキラと見上げる。何を求められているのか理解したマリアは、笑顔でリディの手を取った。

「貴方《あなた》の手も気持ち良いわね～」

「おねえさんのても、すべすべで、きもちいいよ」

「あら、ありがとう～」

自分とは違う滑らかな手触りにリディがにこにこと笑っている。マリアの妖艶《ようえん》な美貌《びぼう》も、極上の微笑みも、お子様のリディには特に影響はなかった。後、若様は基本的に年上の女性に構われることが多いので、慣れているのだった。お世話されまくり人生なので。

リディがちゃんと年長者相手の言葉遣いをしていることに気付いて、悠利は密かに感心した。悠利相手には普通の口調だが、そこは友達だから問題ない。相手に合わせて口調を変えられるのは、それなりに教育されている証拠だ。頑張ってるんだなぁと悠利は思った。……リディの周りの皆さんが。

そんなことを考えていると、ころんころんと悠利の目の前に果物が転がった。色々な果物が転がっている。不思議そうに悠利が顔を上げれば、マギサがふよふよと浮いていた。

「マギサ、これ、君が持ってきたの？」

「ウン。デザート」

「食べて良いの？」

「足リナイ？」

「ううん、足りるよ。ありがとう」

皆に食べてほしいということだと判断した悠利は、学生鞄《かばん》からペティナイフを取り出して果物を食べられるように切っていく。皮を剝《む》き、切り、弁当箱の蓋《ふた》にどんどん並べていく。

収穫の箱庭は季節無視で食材が手に入るダンジョンなので、今目の前にあるのも、季節や産地を問わないごちゃ混ぜ状態だった。しかし、いずれも迷宮食材なので美味《おい》しいのは確実だ。ある意味で産地直送の果物がデザートに食べられるという、最高の贅沢《ぜいたく》だった。

「こんなにいっぱい食べたら、お腹《なか》いっぱいでお昼寝したくなっちゃうかもね」

「オ昼寝スルナラ、寝床作ロウカ？」

「もしも皆がお昼寝するってなったら、そのときはお願いしようかな。はいどうぞ、剝けたよ」

「解ッタ。……イタダキマス」

悠利が差し出した一口サイズに切られたリンゴを、マギサは小さな手で受け取ってぱくんと食べた。美味しいのかにこにこと笑っている。マギサにしてみればいつでも手に入る果物だが、こうして誰かと一緒に食べるだけで美味しいのだろう。雰囲気だけでそれを物語っていた。

「くだもの……！」

「あ、リディ気付いた？　今剝いてるからね」

「うん！　ゆーり、くだものもってきてたの？」

「違うよ。これはマギサが用意してくれたの」

「まぎさが？」

きょとんとするリディに、マギサはこくんと頷いた。喜んでくれるだろうかと顔色を窺《うかが》うみたいになっているマギサ。その小さな身体《からだ》に、リディは突撃した。ぎゅーっと抱きつく。

「リディ？」

「まぎさ、まぎさはほんとうに、すごいんだな！　おいしそうなくだものが、いっぱいだ！」

「喜ンデクレテ、嬉《ウレ》シイ」

「いっしょにたべよう！」

「ウン」

にぱっと笑ったリディに、マギサも笑った。口元がほわんと緩んでいる。ちびっ子二人が仲良くしている姿は、実に微笑《ほほえ》ましかった。

……なお、リディがマギサに突撃したので、マリアの興味が再びエトルに戻ってしまっていた。年上の美人なお姉さんに捕まって困っているエトルに気づき、悠利が慌てて声をかけて回収してくれるまで、彼は肉球を触られるのに必死に耐えるのだった。

弁当もデザートの果物も堪能した一同は、昼寝をするまではいかないまでも、しばらく花畑でのんびりと過ごすのでした。休憩も大事です。

◇◇◇

お弁当も食べてのんびりと過ごし、ダンジョンマスターと共に食材を採取しようと移動しているときだった。お目当ての葉物野菜ゾーンに到着したときに、エトルが慌てたように周囲を見回す。

「若様……？」

「エトルくん、どうかした？」

「いえあの、若様の姿……」

「……え？　……本当だ！　リディ、どこに隠れたの⁉」

「若様、隠れていないで出てきてください！　遊びに付き合っている暇はないんですよ！」

好奇心旺盛で悪戯《いたずら》好きな主を知っているエトル少年は、容赦がなかった。恐らく、里でいつもそんな風に過ごしているのだろう。声に実感がこもりすぎている。

けれど、そんな悠利とエトルを、マリアが制した。

「マリアさん……？」

「妙ねぇ。私、一応あの子のことは気にかけていたはずなのに、どうして姿を見失ったのかしらぁ？」

「マリア、ごめん。こっちもだ。ナージャの意識からも、一瞬あの子が消えてる」

「あら、貴方達も？　……何事かしらねぇ」

アロールの申告に、マリアが目を細めた。一瞬の半分だけ、ぶわりと彼女から威圧めいたものが解き放たれる。けれどそれもすぐに鳴りを潜め、いつものマリアの表情だけが残った。

そのとき、ルークスが悠利の足にすり寄った。しょんぼりとした風情の従魔に、悠利はきょとんとする。

「ルーちゃん、どうしたの？」

「キュウ……、キュイィ……」

「本当にどうしたの？　誰もルーちゃんを怒ったりしてないよ？」

ぷるぷると震えるルークスは、明らかに意気消沈していた。まるで、自分が悪いのだと言いたげな態度だ。悠利が必死に宥《なだ》めるが、ルークスのしょんぼりは治らない。

通訳を求めて悠利がアロールを見れば、頼れる魔物使いの十歳児はため息をつきながらルークスの心情を伝えてくれた。

「側にいたはずなのに見失った自分が悪いと思ってるんだよ」

「そんなことないよ！　ルーちゃんだけに責任なんてないんだから！」

「その通りだよ、ルークス。……第一、全員が見失うなんてそんなの、」

「あり得ないな」

言い切ったのはリヒトだった。普段のリヒトからは想像も出来ないほどに低い声に、悠利は思わずぴたりと動きを止めた。悠利の腕の中で慰められていたルークスも同じくだ。

姿の見えない若様を呼んでいるエトルとマギサの耳には聞こえなかったのか、彼らはリディを呼び続けている。その声をBGMに、リヒトは静かに口を開いた。

「誰か一人が一瞬目を離したならば、まだ解る。だが、ここまで全員があの子を見失うのは異常事態だ」

「同感。そもそも、ナージャにはずっとあの子を見てるように言ってたんだ。目を離すことすらない」

「私も、あの子の気配は意識にずっと入れていたわ。……それが突然かき消えるだなんて、どういうことかしらね～？」

リヒトの言い分に、アロールもマリアも同意した。悠利はリディ一人に意識を向けていたわけではないし、ルークスも同じくだ。けれど、いなくなる直前まで、リディはマギサと話をしていたし、悠利はその声を聞いていた。それが突然途切れたから、こうして皆で捜しているのだ。

エトルはまだ、若様がいつもの好奇心で突っ走ってどこかへ行ったと思っているらしい。固まって相談をしている悠利達の姿に、不思議そうに首を傾《かし》げていた。マギサも同じくだ。

そんな無邪気さすら漂う子供達と裏腹に、悠利達の表情は浮かない。

「姿隠しとか、認識阻害とか、その手の魔道具を使われたかしら～？」

「使う理由は」

「単純に考えて、あの子狙いじゃないかな」

「身分がバレたか？」

「というより、見栄えが良いからだと思う。ワーキャットは地域によっては魔物扱いだし、そういう意味で愛玩《あいがん》用に売られることもあるって、聞いたことがある」

胸くそ悪い話だけど、と付け加えることを忘れないアロールだった。その表情は永久凍土みたいになっている。生真面目な彼女には、ワーキャットを魔物扱いするのも、彼らの意思を無視して売買するのも、耐え難いのだろう。

訓練生三人が真面目に話をしているのを聞きながら、悠利はむぅと唸《うな》った。状況から判断して、リディは迷子になったのでも好奇心で突っ走ったのでもなく、誘拐された可能性が高い。大事な友達が誘拐されたとあっては、心がちっとも落ち着かない悠利だ。

そこでようやく、リディの身に大変なことが起こったのだと気付いたエトルが、固まっていた。自分が側にいながら若様が危ない目にあったという衝撃が凄《すご》いのだろう。普段は年齢よりも落ち着いて見える子猫が、おろおろしている。

対して、マギサはぼんやりとしていた。ふよふよと空中に浮かびながら、小首を傾げている。その姿は何も考えていないようにも見えた。

「誰カガ、リディヲ捕マエタノ？」

「「……ッ！」」

こてんと小首を傾げる仕草はいつもと同じ。小さく開いた唇も、フードと前髪で隠れて目元が見えないのも、いつもと同じ。口調もいつも通りだ。

けれど、その声だけが、いつもと違った。声音は幼い子供のそれだというのに、底冷えする奇妙な威圧が吹き荒れる。ネェ？　と重ねて問い掛ける声が、そこから発される空気が、悠利達の喉《のど》か

ら声を奪う。

それは紛れもなく、人知及ばぬ異形の姿だった。人の領域とは異なる何かが存在していると感じさせる、意味も解らない恐怖が全員の背筋を走り抜ける。これは、愛らしいだけの生き物ではないのだと知らしめるように。

しかし、その威圧はすぐに消えた。消えて、そして、不安に怯《おび》える子供のような声が呟《つぶや》く。

「リディ、捜シテアゲナキャ……。キット、怖ガッテル……」

「マギサ……」

「僕、捜ス……！」

ぎゅうっと両手を顔の前で組み合わせて、マギサは叫ぶ。大事なお友達が行方不明になって、きっと今頃怖い思いをしているだろうからと必死になっている。その姿は、悠利《ゆうり》達が見慣れた、いつもの、幼い子供のようなあどけないダンジョンマスターのものだった。

一瞬だけ現れたマギサの異質さに、けれどそれこそが本質なのかもしれないと悠利達は思う。優しい気性をしているけれど、その根っこは彼らとは異なる生命体なのだと。

けれど、それは何もマギサだけではない。悠利に忠実なルークスも、アロールに過保護なナージャも、魔物である。異なる価値観と感性を持ちながら、それでも寄り添って生きている。

だから、マギサのあの変貌《へんぼう》も、彼らは気にしないことにした。今、リディを必死に捜している姿もまた、この幼い風貌のダンジョンマスターの真実だと理解して。

「姿隠しの魔道具とかって、連続使用出来ましたっけ？」

「物によるな。ユーリ、この間みたいに鑑定で解らないか？」

「近くにいないみたいなので……。見通せる範囲ならどうにか出来ると思うんですけど……」

壁ですしねぇ、と悠利は呟く。先日、海を鑑定したが、アレは一面視界に入るから成せたことだと思っている。ダンジョンの中には壁があるので、壁の向こう側までは流石《さすが》に解らない。

その悠利の言葉を聞いて、マギサがふわりと悠利の肩の辺りに浮かび上がった。じっと有利を見ている。

「マギサ？　どうかしたの？」

「見エタラ、リディヲ捜セルノ？」

「え？　あー、多分？　鑑定で、リディを捜せば、出来るような気が、するんだけど」

やったことないから解らないけどと悠利が答えれば、マギサは小さな手を悠利の額に触れさせた。

そして、告げる。

「ジャア、僕ノ目ヲ、貸シテアゲル」

「……――ッ！」

何を言われたのか解らない悠利だったが、次の瞬間驚愕《きょうがく》した。視界に、ぶわりと広がるのはこのダンジョン全域のリアルタイム映像だった。どういう原理かは解らないが、今、悠利はマギサと視界を共有していた。

ダンジョンマスターとは、ダンジョンを統べる者。どこにいてもダンジョンの全てを把握しているとも言える。だから、マギサにはダンジョンの全ての場所が見えている。

そして、その光景を悠利に見せることで、リディを捜してと頼んでいるのだ。友人の協力をありがたく思いながら、悠利は【神の瞳《ひとみ》】を発動させる。鑑定系最強のチート技能《スキル》である【神の瞳】ならば、きっとリディを捜せると信じて。

(お願い、リディの居場所を、……怪しい場所を、教えて……!)

身体の横で握った拳《こぶし》に力が入る。皆が見守る中、悠利はぶわりと広がるダンジョン全体の光景を順番に【神の瞳】で鑑定していく。

……本来ならば、唐突な情報量に混乱するはずだ。けれど、マギサは悠利の頭が処理できる程度に視界に映る情報を調整してくれていた。だから悠利は、何も気にせずに【神の瞳】を発動させることが出来るのだ。

マギサの視界に映る中に、リディの姿はない。けれど、姿隠しの魔道具などを使われていた場合、マギサにはそれらは見えない。以前、ナコト草を密猟(?)していた男の姿を、マギサが認識できていなかったように、今回もそういうことなのではないかと悠利は思う。

そうでなければ、ダンジョンの主たるダンジョンマスターのマギサに、リディを見つけられないわけがないのだ。

そして、悠利の視界で、赤い光が明滅した。

「……赤だ……!」

「「……!」」

悠利の言葉に、訓練生三人と従魔二匹が反応した。エトルとマギサは解っていないが、他の面々にはそれが何を意味するのかが解っている。悠利が口にする赤とは、警戒色だ。危険な何か、或《あ》るいは敵意を持った誰かや、害意のある何かを示している。

つまり、この場合、リディを拐《かどわ》かした相手である可能性が高い。

「場所は！」

アロールが叫び、ナージャを足下へ下ろす。答えを聞いたら、頼れる従魔を派遣しようとしているのだろう。それが解ったから、悠利は簡潔に答えた。

「セーフティーゾーンの手前の通路！　ここから向かって手前側になるところだよ！」

「解った。ナージャ！」

「シャー！」

アロールの言葉よりも早く、ナージャが動く。その傍らを、弾かれたように走り出す影があった。マリアだ。ダンピールの身体能力を活かして、ナージャと共に走っていく。

悠利達もその後を追おうとして、ガタガタと震えているエトルに気付いた。リヒトはエトルに歩み寄り、小さな身体《からだ》を抱き上げる。

「まだ、間に合う。だから、そんな顔をするな」

「……っ、は、はい……」

「君が悪いわけじゃない」

ぽすんとエトルの頭を撫《な》でて、リヒトは子猫を片腕で抱いたまま走り出す。その背中を見て、そういうところが子供に好かれる所以《ゆえん》じゃないかなと思う悠利とアロールだった。

アロールがルークスと一緒に走り出し、悠利もそれに続こうとして、そこで、マギサが動かないことに気付いた。

「マギサ?」

「……ウン、大丈夫。セーフティーゾーンニ入レナイヨウニシタシ、オ姉サン達ガ着クマデハ、道モ塞イデオクカラ」

「……えーっと、マギサ?」

「コレデ、逃ゲラレナイヨ!」

褒めて、と言いたげな態度のマギサに、悠利はうわーと思った。確かに、道を作れるのならば道を閉ざすことも出来る。ダンジョンの構造はダンジョンマスターのさじ加減一つ。つまりは、マギサの自由になるということだ。

悠利の言葉からリディをさらった奴らがどの辺りにいるかの目星を付けて、逃げられないように封鎖したらしい。ナージャとマリアが先行したのを理解しているので、彼らが近付いたら開けるつもりなのだろう。至れり尽くせりだ。

とりあえず、頑張ってくれたのは事実なので、悠利はマギサの頭を撫でた。

「凄いよ、マギサ。それじゃ、リディを迎えに行こうか」

「ウン」

悠利とマギサは先行した皆を追いかける。早くリディを迎えに行ってあげないと、と。大事な友達を助けようと、二人は意気投合していた。

そして到着したそこで、悠利は何とも言えない光景を見た。

「……マリアさん、それ、窒息しそうに見えるんですけど」

「あらぁ、大丈夫よ～。この程度で窒息はしないわぁ」

うふふと楽しそうに笑ったマリアが、両手に一人ずつ男を持ち上げていた。首に手をかけているので、息苦しいのだろう男達が必死にマリアの手を剝《は》がそうとしているが、彼女は何も気にしていない。

無事に救出されたらしいリディは、エトルと抱き合って無事を喜んでいる。にゃーにゃーと猫語のみで叫んでいる若様は、よほど怖かったのだろう。それを強く強く抱き締めているエトルも声が震えていた。

なお、二人の傍らにはルークスが控えている。護衛よろしく目をキリッとさせているので、うっかり部外者が近付こうものなら、ぶっ飛ばしにかかるだろう。可愛《かわい》い見た目を裏切って、ルークスはハイスペックな魔物だ。

そこで悠利は、ナージャに顔に巻きつかれてジタバタしている女と、リヒトに組み伏せられて呻《うめ》いている男に気付いた。どっちも容赦がなかった。

「……えーっと、アロール、説明して貰《もら》っても良い？」

「見ての通りだけど」

「いや、それはそうなんだけど」

「こちら、余罪が山ほどありそうな、見目麗しい子供をかっ攫《さら》うことを生業にしている商人の皆さんです」

「それ商人じゃないよ⁉」

淡々とした口調で告げられて、悠利は思わず叫んだ。アロールは平然としている。だって自分で商人だって言ったから、と悪びれもしない。相手がそう名乗ったからといって、状況で考えて商人でないことは解っているだろうに。

「リディの見た目が良かったから、かっ攫うために追いかけてきたらしいよ。ご丁寧に、姿隠しの魔道具と認識阻害の魔道具で、誰の目にもつかないように」

「……それを、どうやって発見したの？」

「ユーリ、知ってるか。姿隠しや認識阻害の魔道具は、見えないだけで触れるんだ」

「……う、うん？」

悠利の疑問にも、アロールはきちんと答える。ただし、答えがあまりにも端的すぎてよく解らない。首を傾《かし》げる悠利に、アロールはきっぱりと言い切った。

「触れるなら、この空間にいると解っているなら、やることは簡単だろう？」

幼い風貌の十歳児が浮かべるにしては、どうにも物騒過ぎる表情だった。にたりと笑うアロールの顔は、とてもではないが子供のそれではない。彼女も十分に怒りを抱えていたのだと解る顔だった。

そして、その説明で、悠利は何となく何があったのかを察した。つまり、片っ端から攻撃したのだろう。そして、その攻撃で魔道具が壊れたか外れたかして、姿が見えたのだ。

つまり、見えなくてもここに確実にいるという状況を作り上げた、マギサのファインプレーである。場所が狭い通路だったのも幸いだった。逃げようにも、複数人で殴り込みをかけられたら逃げられなかったのだろう。

「可愛い可愛い子猫さんを拐かそうだなんて〜、本当に困った方々ですわね〜」

歌うように楽しげに声をかけながら、マリアは首を掴《つか》んだ男達の身体を揺さぶっている。聞いていますか〜？　と暢気《のんき》に問いかけているが、多分相手には聞こえていない。息苦しさから逃れようと必死になっているので。

あんな可愛い子を狙うだなんて、許せないわぁと微笑《ほほえ》みながら、マリアはちっとも笑っていなかった。顔は確かに微笑みなのに、気配も瞳も微塵《みじん》も笑っていない。とてもお怒りだった。

ただし、戦闘本能剝《む》き出しというわけでもないので、相手を再起不能にまで叩《たた》き潰《つぶ》すことはないだろう。そういう意味ではまだ冷静なので、安心した悠利だ。流石に、目の前で惨劇を繰り広げられるのは見たくないので。

「子供ばっかり狙うって、大人として恥ずかしくないの？　まぁ、誰が相手だろうと、売買するために拐かすのはダメだけどさ」

「シャー」

ナージャに顔を塞《ふさ》がれた女がジタバタ暴れながら呼吸を取り戻そうと必死になっているのを、アロールはすぐ近くにしゃがんで見ている。淡々と話しかけつつ、途中でナージャに合図を送る。ナージャはそれに素直に従っている。

その合図で、一瞬だけ女の鼻が解放される。酸素を必死に取り込んで逃れようとする女だが、次の瞬間再び鼻を塞がれてもごもご言っている。……ようは、まだ気絶させるなというお達しだった。

アロールはお怒りだった。

「あまり暴れないでくれると嬉《うれ》しいんだがなぁ。俺はマリアほど力がないから、これ以上暴れられると手加減無しに絞めないといけなくなるんで」

のんびりとした口調で告げるリヒトだが、言っている内容は割とえげつなかった。ぎりぎりと腕を捻《ねじ》り上げた状態で組み伏せられている男は、自由になる手で必死に地面を叩いている。しかし、リヒトは聞く耳を持たない。

大人しくしてくれないなら落とした方がマシかなぁ、などと物騒なことを呟《つぶや》いている。とても物騒だった。

普段は優しくて繊細なお兄さんとしての面しか見えていないが、何だかんだで彼も修羅場を潜り抜けてきた冒険者なのだ。リヒトさんも怒らせちゃダメなんだなと思った悠利《ゆうり》だった。

とりあえず、誘拐犯は仲間達に任せておけば良いと理解した悠利は、リディの下へと足を向けた。エトルと抱き合っているリディの身体を、背後からマギサがぎゅーっと抱き締めていた。大丈夫だよと言うように。

そんな三人をまとめてぎゅーっと抱き締めて、悠利はリディの頭を優しく撫でた。

「リディ、怖かったね。遅くなってごめんね」

「……ぅにゃ、にゃう、にゃぁ……！」

「うーん、ごめん。猫語はちょっと僕、解らないなぁ」

必死に何かを訴えるリディに、悠利は困ったように笑った。落ち着いてからで良いよと笑う悠利に、リディはにゃうと小さく呟いた。

そんなリディに代わり、いくらか冷静さを取り戻したらしいエトルが通訳をしてくれた。

「怖かったけど、皆さんが助けに来てくれると信じていたそうです」

「……そっか」

「本当に、ありがとうございます。皆さんのおかげで、若様が無事でした」

本当に良かったと、エトルは震える声で呟いた。色々と抱えているようなエトルの頭を、悠利は撫でた。必死に大人になろうと頑張っている彼を、褒めるように。

「マギサがね、一生懸命リディを捜してくれたんだよ」

「見ツケタノハ、ユーリダヨ」

「でも、マギサが協力してくれなかったら見つけられなかったし、ここに閉じ込めたのはマギサだから、マギサのおかげだよ」

悠利の言葉に、マギサは首を傾げた。そして、次の瞬間にほわんと笑った。大好きなお友達を自分が助けることが出来て、大好きなお友達に褒められて、素直に喜んでいる姿だった。

リディはまだ猫語しか喋《しゃべ》れないでいるので、言葉の代わりにぎゅうっとマギサの手を握った。ありがとうを、伝えるために。

自分の小さな手を握るリディの小さな肉球のある手を、マギサは見つめている。相変わらず目元は見えないが、顔がそちらに向いているので、見ているのだろう。やがて、嬉しそうにぎゅっとリディの手を握り返すのだった。

「本当に、リディが無事で良かった」

万感を込めて呟いて、悠利は可愛い可愛い友達の身体を抱き締めるのだった。不埒《ふらち》な輩《やから》に、奪われることがなくて良かったと思いながら。

その後、リディを狙った誘拐犯達は衛兵に引き渡し、余罪もどっさり出てきたのでそのままお縄となった。

ちなみに、悠利は嬉々《きき》として彼らを鑑定し、備考欄に出てくる余罪の情報を伝えまくった。大事なお友達を怖い目にあわせた相手に、遠慮は無用だ。自分に出来ることできっちり報復をする悠利なのでした。

なお、一連の騒動を聞いたクレストとフィーアは皆に感謝し、若様の外出時にはより一層気を配ることを決意していた。そんな真面目な大人の反応に、堅苦しくなりそうだと察したリディは、帰る間際まで面倒くさそうな顔をしていた。安全は大事なので諦《あきら》めるように悠利達に説得されて、やっと渋々大人の言いつけに従うことを決める程度には、若様は自由が恋しいらしい。

それでも、新しい友達の存在はリディにとってとてもとても大切なものになったらしく、また遊びに来ると元気に告げるのだった。そのときは、またお弁当を持ってマギサに会いに行こうと約束する悠利だった。

賑《にぎ》やかに来訪し、賑やかに去っていった若様は、お友達に貰ったお土産である大量の野菜や果物に大喜びしていたのでした。勿論《もちろん》、悠利もお土産は貰いました。

エピローグ　ジューシー美味《おい》しいズッキーニのチーズ焼き

　ごろんごろんと転がされているそれを見て、カミールは首を傾げた。淡い黄緑色をした、丸形の大きな野菜だ。まるでスイカみたいな大きさだった。カミールには見慣れないもので、思わず悠利に問いかける。

「ユーリ、これなんだ？　カボチャ？」

「惜しい。カボチャの親戚《しんせき》みたいなものだけど、これはズッキーニです」

「は……？　ズッキーニって、あのキュウリの太いやつじゃねぇの⁉」

「丸形のズッキーニもあるんだって」

「丸すぎるだろ⁉」

　衝撃を受けて叫んだカミールに、悠利は首を傾げた。そこで、悠利はカミールの勘違いを訂正するために説明を付け加えた。

「あのね、カミール。ズッキーニはキュウリの仲間じゃないんだよ」

「え？」

「ズッキーニは、カボチャの仲間なんだよ」

「は……？」

「だから、ズッキーニはカボチャの仲間なの。だから、丸い形のやつがあってもおかしくないの」

解った？　と問いかける悠利に、返事はなかった。カミールは呆然《ぼうぜん》と丸形のズッキーニを見ている。カボチャの親戚と悠利が説明したのは、何も例えではないのだ。実際に、ズッキーニはカボチャの仲間なのだから。

カボチャの仲間、と小さく呟くカミールの表情は強《こわ》ばっていた。まだ少し信じられないらしい。

まぁ、確かに普段見ているズッキーニは太くなったキュウリみたいな感じなので、仕方ない。

そんなカミールをそっちのけで、悠利は丸形ズッキーニを切り始める。まずはヘタとお尻《しり》の部分を切り落とす。次に、半分に切って、中の種の状態を確認する。種が薄い状態ならば火を入れてそのまま食べられるのだ。このズッキーニの種は食べられそうだったので、ワタを取らずにそのまま食べやすい大きさにカットしていく。

皮の部分は、特に汚れがなければそのままだ。傷があったり、汚れがある部分は包丁で丁寧に取り除く。皮は確かに分厚いのだが、このズッキーニはまだ若いので皮も問題なく食べられる。

「カミール、フライパンにオリーブオイル入れてー」

「お、おー」

悠利に声をかけられて我に返ったカミールは、言われるままにフライパンにオリーブオイルを入れる。くるんとフライパンを回して全体に行き渡ったのを確認すると、悠利を見る。

フライパンにオリーブオイルが入ったのを確認したら、悠利はそこにカットしたズッキーニを並べていく。敷き詰めるように並べると、フライパンをコンロの上に載せて、蓋《ふた》をしてから火を点ける。

「蒸し焼きにすんの？」

「うん、その方が皮までしっかり火が通るからね」

「なるほど」

弱火から中火ぐらいの、強すぎない火で蒸し焼きにする。果肉の部分が少し透明になってきたらひっくり返して、反対側も焼く。火が通ったら、一つ取り出して皮の部分にぷすりとフォークを刺してみる。抵抗なく刺されば、問題なしだ。

本来なら固いはずの皮にぷすっとフォークが刺さり、悠利は満足そうに笑う。蒸し焼きにしたので、じっくりじわじわ火がきちんと通ったようだ。これならば、皮ごと食べても問題ない。

「ユーリ、これ、味付けは？」

「塩胡椒《しおこしょう》を軽くしてから、耐熱皿に入れて、チーズを載せて焼きます」

「チーズ……。美味《うま》そう」

「美味しいと思います」

悠利が真顔で告げれば、カミールは楽しそうに笑った。そして、悠利の指示に従ってフライパンの中のズッキーニに塩胡椒をする。壊さないように気をつけつつ混ぜ合わせ、耐熱皿に入れていく。

最後に、悠利は小さな耐熱皿にズッキーニを入れた。本当に小さな、小鉢と言うぐらいの耐熱皿だ。カミールが不思議そうに首を傾げるのに、悠利は笑った。

「味見用だよ。チーズは食べる直前に焼かないと美味しくないでしょ？」

「……なるほど！」

皆の分は後で焼くが、味見はその前に行うので、自分達の分だけ別に準備しているのだ。味見で美味しいものが食べられると、カミールの表情はうきうきだった。……割と普通に悠利に餌付けされているカミールである。

カミールの場合、他の面々ほどこれといった好物があるわけではない。けれど、だからこそ、悠利が作るどんな料理でも美味しいと笑顔で食べている部分がある。好き嫌いが特にないので、悠利の料理の味付けなどが彼の好みに合致したのだろう。

小さな耐熱皿にズッキーニを入れて、悠利はそこにチーズをかける。ちょっとたっぷりめにしたのは、小さな贅沢《ぜいたく》だ。とろーっとチーズがたっぷり溶けるのが美味しそうなので。

チーズを載せた耐熱皿をオーブンに入れて、数分焼く。ズッキーニはしっかりと焼いてあるので、チーズが溶ければそれで良い。二人でオーブンの前で待ち、頃合いを見て中身を確認する。オーブンの扉を開けた瞬間、チーズの匂いがふわりと香った。

火傷《やけど》をしないように鍋掴《なべつか》みで器を取り出すと、鍋敷きの上にそっと載せ、二人でじっと見る。チーズはとろとろに溶けていた。どう考えても熱いのだが、それを上回ってあまりある、美味しそうな匂いだった。

「美味そう」

「良い匂いだよね」

「うん」

こくんと頷《うなず》くカミールに、悠利《ゆうり》はそっとフォークを差し出した。さぁ食べようという意思表示だ。ぷすっとズッキーニにフォークをさせば、チーズが絡まったまま持ち上がる。熱々であることを証明するように湯気が立ち上っていた。

ふーふーと息を吹きかけて冷ましながら、口に運ぶ。最初に口に広がるのはチーズの旨み。次に、ズッキーニからじゅわりと旨みが溢《あふ》れ出す。塩胡椒でシンプルに味付けただけだが、オリーブオイルとチーズとの合わせ技により、実に絶妙なバランスを保っている。

ズッキーニ単体はそこまで濃い味をしていない。水分が多いのか、果肉の部分は噛《か》むと柔らかい。薄めの種を含んだワタの部分と皮も、蒸し焼きにされたことで柔らかくなっており、僅《わず》かな歯応えを残しているのが実に心地好かった。

端的に言えば、美味しい、だ。

「うわっ、これ美味いな」

「うーん、美味しいズッキーニだー」

にこにこ笑顔の悠利は、そこでふと思いついたようにカミールを見る。

「これ、今度はトマトソース作って、チーズの下にかけてから焼いてみようか」

「…………それは、どう考えても美味いやつだし、今言われると食べたくて凄《すご》く悲しい」

「……ごめん」

思いつきを口にした悠利と、悠利の発言からそれが今日は食べられないと理解したカミールの悲哀が重なった。悪気はなかったけれど、カミールをがっかりさせたことは解ったので、悠利は素直に謝った。別にどちらも悪くはないのだけれど。

しばらく無言でもぐもぐとズッキーニのチーズ焼きを食べた後、悠利は気を取り直したようにカミールに声をかけた。

「それじゃ、残りの献立も頑張って作ろうか」

「了解」

一品出来ただけでは食事の支度は終わらない。悠利とカミールは顔を見合わせて、残りの仕事に取りかかるのだった。


そして、夕飯の時間だ。焼きたてのチーズの魅力に、皆の視線は大皿に釘付《くぎづ》けだった。

仲間達の実に解りやすい反応に、悠利はにこにこ笑いながら説明を始める。見慣れない料理の場合、悠利の解説が付くのはお約束なのです。

「これは、ズッキーニのチーズ焼きです。皮やワタもありますが、ちゃんと食べられるのでそのままどうぞ」

こんな感じです、と悠利は見本のようにズッキーニを一つ箸《はし》で持ち上げた。種の付いたワタの部分と、皮が見えるようにする。チーズに隠れて解りにくかったが、一応伝わった。

「味は一応塩胡椒がしてあるので、そのままでお願いします。もし薄かった場合は、各自でマヨネーズやケチャップなどで調整してください」

ぺこりと頭を下げた悠利に、皆がこくこくと頷いた。説明は解ったから、早く食べたいと言いたげである。……まぁ、チーズは冷めると美味しくないので、彼らの気持ちは間違っていない。

なので、悠利はいつものように手を合わせて笑顔で食前の挨拶《あいさつ》を口にした。

「それでは、いただきます」

「「いただきます」」

元気よく唱和して、皆は食事に取りかかる。やはり一番はズッキーニのチーズ焼きらしく、大皿から思い思いの分量を取り分けていた。

チーズの熱さに四苦八苦しながらも、皆は概ね喜んで食べている。味が薄いと感じる者はいなかったようで、悠利はホッと胸をなで下ろした。一安心だ。

「ユーリ」

「はい、何ですか、アリーさん」

「ズッキーニって言ってたが、これは、アレか？」

「……えーっと」

静かに問われた言葉に、悠利はしばらく考え込んで、そしてこくこくと頷いた。アリーの言う『アレ』が何であるのかを理解したからだ。

「色んな食材の詰め合わせで貰《もら》ったやつです」

「かなり大きかったアレだな」

「アレです」

「皮ごと食えたのか……」

もぐもぐとズッキーニのチーズ焼きを食べながら、アリーがしみじみと呟《つぶや》いた。見た目は頑丈そうな丸形のズッキーニだが、今回のものはじっくり火を通せば皮も種も食べられるのだ。残さず全部食べることが出来るというのは、良いことです。

ちなみに、悠利が口にした色んな食材の詰め合わせというのは、建国祭のときに知り合った少女からのお礼品のことだ。ドレスのリメイクを悠利が手がけたことに感謝した彼女は、ウルグスの助言に従って父親に頼んで様々な食材を届けてくれたのである。

その詰め合わせは、各地の特産品を詰め込んであったので、普段見かけない珍しい食材がいっぱいだった。この丸形のズッキーニもその一つだ。この辺りで出回っているズッキーニはキュウリの親戚《しんせき》みたいな形状なので。

「皆の口に合ったなら、買い付けが出来るか聞いてみても良いですよね」

「……別に、わざわざ遠方の珍しい食材を日常に使わなくて良いぞ」

「勿論《もちろん》、お値段はちゃんと確認しますよ」

大丈夫です！　と拳《こぶし》を握る悠利。何だかんだで《真紅の山猫《スカーレット・リンクス》》の食費は悠利の管轄になりつつあるので。

正確には、アリーから渡される食費でどうやって上手にやりくりするかを日々考えている。勿論、足りなくなれば追加の資金は貰える。無理な節約はしなくても大丈夫だ。

それでも、出来る範囲の節約はせっせと行うし、よりお得な商品を求めて【神の瞳《ひとみ》】で鑑定する悠利だ。値切り交渉や親しくなった店主からオマケを貰ったりするのも、腕の見せ所である。……

そこ、何か違うとか言わない。当人は大真面目なのです。

「心配しなくても、お前が来てから食費で無駄は出てねぇよ」

「え？　そうなんですか？」

「不必要に購入することも、食べきれない食材を無駄にすることもなくなったしな」

「それって基本中の基本じゃないんですか？」

「慣れてなきゃ出来ねぇよ」

不思議そうな顔をする悠利に、アリーは大真面目な顔で言い切った。それは間違いではない。食材を過不足なく購入し、きっちり使い切るのはなかなかに難しい。

何せ、料理に慣れていない人は、冷蔵庫の中身を確認して献立を考えるという行為が苦手だったりする。レシピにバリエーションがないので、作れる料理に必要な食材を買うところからスタートするのだ。料理が先か食材が先かという違いが出てしまう。

そういう意味では、悠利は手慣れていた。元々料理が好きで、冷蔵庫の残りもので何か美味《おい》しく作れないかなと考える性格だったのもあるだろう。……つまり、大所帯の料理番というのは彼にとってある意味天職だった。

「まぁ、基本的にお前の好きにすりゃ良いが、そこまで切り詰めなくて良いぞ」

「解りました。でも、別に切り詰めてはいないですよ」

「それなら良い」

にこにこ笑顔の悠利に、アリーは小さく頷いた。料理周りに関しては、悠利に委ねているアリーだ。適材適所だと思っている。悠利は悠利で、これが自分の仕事だと思っているし。

そんな風に雑談をしながら食事をしていた二人の耳に、ざわめきが届いた。面倒くさそうにアリーが、もごもごと口の中のズッキーニを咀嚼《そしゃく》しながら悠利が、くるりと視線をそちらに向ける。

そこでは、ある意味お約束の光景が繰り広げられていた。

「レレイさん、猫舌だからって先に大量に確保するのはどうかと思うんですけど！」

「独り占め反対！」

「やだー！　だって、取っておかないと皆が全部食べちゃうもん！」

「だからって取り過ぎですってば……！」

カミールとヤックがレレイに訴える姿と、そんな二人にやだやだと駄々をこねるように叫ぶレレイ。レレイが抱え込んだ皿を奪い取ろうとしているウルグスだが、半分猫獣人であるレレイの力と食欲には勝てないのか、うぎぎと唸《うな》っていた。

「…………何をやってるんだ、あいつらは」

「…………わぁ、いつもの光景」

期待を裏切らないやりとりに、アリーがこめかみを押さえながら呻《うめ》く。悠利は笑うしかないという感じでそれを見ていた。

レレイは猫舌なので、ズッキーニのチーズ焼きをなかなか食べられない。好評だったので、皆がどんどんお代わりをする姿に、焦ったのだろう。自分の皿にがばっと料理を取って確保してしまったのだ。

そして、そんなレレイに独り占め反対と見習い組が抗議をしているのだ。普段は別に喧嘩《けんか》などしないが、美味しいご飯のときは争奪戦が起きるのが日常茶飯事。レレイが大人げなく、己の食欲に忠実に生きるのも、いつものことだった。

アリーがあまりにも喧《やかま》しい一同を黙らせようと立ち上がった瞬間、レレイの背後に影が差した。

「はいはーい、ちょっと待ちなさいねぇ～。分量確認するから～」

「ふにゃ……!? マリアさん、あたしのお皿……！」

「確認するから待っててちょうだいね～」

ウルグスと反対側から手を伸ばしたマリアが、あっさりとレレイから皿を奪い取った。ダンピールとしての身体能力と怪力を誇る彼女は、レレイが相手でも腕力で負けない数少ない存在だった。

マリアが何をするんだろうと見ていた一同。マリアはその前で大皿と、レレイの皿とを見比べてにっこりと笑った。

「取り過ぎだわ～。はい、ちょっと没収～」

「あたしのー！」

「お料理は皆でちゃあんと分け合わないとダメよぉ」

ね？　と艶《あで》やかに微笑みながら、マリアは容赦なくレレイの皿からズッキーニのチーズ焼きを大皿に戻した。……猫舌のレレイはまだ料理に手を付けていないので、大皿に戻したところで問題はないのです。

ぽかんとしている見習い組を見て、ひどいひどいと訴えているレレイを見て、マリアはやっぱり笑みを浮かべながら言い放った。

「料理は仲良く食べなくちゃダメよぉ。……でないと、もうそろそろ雷が落ちちゃうところだったわよ～？」

「「……はっ！」」

くすくすと楽しそうなマリアの一言に、一同の視線がぐるんとアリーに向いた。立ち上がったままのリーダー様は、騒動の中心人物達の視線を受けて、仏頂面で頷《うなず》いた。その通りだと、マリアの発言を肯定するように。

実際、肯定している。あと一歩マリアの行動が遅ければ、特大の雷がどかんと落ちていたはずだ。自分達の置かれた状況を理解したらしい彼らは、ごめんなさいと素直に謝って、大人しく食事に戻った。

それを見届けて、マリアは席に戻り、アリーも座る。ため息をつくアリーを見ながら、悠利は小さく問いかけた。

「マリアさん、たまに仲裁役してくれますよね」

「たまにな」

「はい。本当にたまーにですけど」

「どっちかというと、あいつが仲裁されることの方が多いからな」

「あはははは……」

頭に血が上ると人の話を聞かなくなるマリアなので、否定出来ない悠利《ゆうり》だった。それでも、珍しい光景が見られたので、ちょっと得した気分の悠利だった。

平和な平和なテーブルで、悠利はズッキーニのチーズ焼きを堪能する。音量こそ小さくなったが、相変わらずわいわい言いながら食べているレレイ達のテーブルを時々見ながら。皆元気だなぁと暢《のん》気《き》に呟く悠利に、アリーが色々と諦《あきら》めたようにため息をつくのであった。

なお、後日トマトソースを追加したバージョンを作ったところ皆に大変好評で、大きな大きなズッキーニは順調に消費されていくのでした。

特別編　友達からの贈り物で美味しいご飯です

食堂スペースのテーブルの上、どどーんと積み上げられた大量の野菜を前に、悠利は真剣な顔をしていた。そう、大量の野菜だ。

特にこれといって変わった野菜はない。並んでいるのは王都の商店街でも見かける野菜ばかり。ただし、季節感がまるでない。今の季節は店頭で売っていないような野菜も並んでいる。

しかし、出所を考えればそれも当然だった。

「ユーリ、何唸ってるの？」

「あ、ヤック。これ、いっぱい貰ったから何にしようかなって」

「ユーリ、収穫の箱庭行くと、予定以上に食材持って帰ってくるよね……」

「違うよ、ヤック。自分が欲しい分は自分で取りに行くんだけど、毎回あの子がお土産をくれるんだよ」

「なるほど」

悠利の説明に、ヤックは納得したように頷いた。いつものことだなぁ、と。

そう、今目の前にあるこの大量の野菜は、採取系ダンジョン収穫の箱庭で手に入れてきたものなのだ。悠利が自分で収穫したものもあるけれど、半分ぐらいはダンジョンマスターの好意で与えられたお土産だ。

悠利のことを大好きなお友達だと認識しているダンジョンマスターは、解りやすいぐらいに悠利に甘い。特に、悠利が食材を渡すと喜ぶと解ってしまったら、自重はしなかった。

勿論、大量の食材を貰《もら》えて嫌なわけではない。そもそも、収穫の箱庭で手に入るのは迷宮食材と呼ばれる、通常の食材よりも美味しいとされているものなので尚更だ。いつも美味しくいただいている。

「それにしても、今回はいつもより多くない？」

「マギサがねー、新しい友達が出来た記念にって、張り切って食材を渡してくれちゃって」

「マギサ？」

「あ、ダンジョンマスターの名前。リディが呼び名がないのは不便だって付けたんだよ」

「……あの若様、本当に強いなぁ」

我が道を突っ走る子猫を思いだし、ヤックは遠い目をした。まぁ、まだ子供なのでそれも微笑《ほほえ》ましいで終わるのだが。

とにかく、ワーキャットの若様リディによって名前を与えられ、新しいお友達にウキウキしたダンジョンマスターのマギサが、お土産を奮発したのだ。そして、その奮発したお土産は勿論《もちろん》、悠利にも恩恵をもたらした。

なので、目の前の大量の野菜をどんな料理にしようかとうきうきしているのだ。

「ユーリ、これって冬瓜《とうがん》？」

「うん。ヤック、冬瓜知ってるんだ？」

「オイラの家でも育ててたよ。日持ちするから助かるって」

「そうだね〜」

ごろんごろんと転がっている緑色の楕円《だえん》形の野菜を、ヤックは懐かしそうな顔で見ている。つんつんと突っついている。皮は固いので、ヤックの指をはじき返している。

冬瓜は、その名前と裏腹に、夏に収穫できる野菜だ。別に名前が間違っているわけではない。夏に収穫して、冬まで保《も》つという意味で、冬瓜というらしい。

しかし、悠利には名前の由来などあまり関係なかった。冬瓜が冬まで保つような凄《すご》い野菜だったとしても、《真紅の山猫《スカーレット・リンクス》》では数日で食べきってしまうのだから。

「冬瓜って、スープに入れると美味しいんだよなー」

「餡《あん》かけも美味しいよ。とろっとするし」

「大根より柔らかいんだよねー」

「炒《いた》めても美味しいよ」

「へー」

冬瓜を転がしながら、悠利とヤックはのんびりと会話を楽しむ。そこで悠利は、一つ料理を思いついた。

「今日は時間もあるし、冷やしおでんにしようかな」

「冷やしおでん……？」

何それと首を傾《かし》げるヤックに、悠利は説明を付け加える。そうか、おでんはないのかと思いながら。

「簡単に言うと、色んな具材を一緒に煮込む料理かな。味は出汁《だし》とか醬油《しょうゆ》とかであっさりした感じに仕上げるのがうちのおでんだったんだけど」

「普段の煮物とか鍋《なべ》料理と何か違うの？」

「うーん、何が違うと言われると、難しいんだけど……。大鍋に、大きく切った具材を色々入れて煮込む感じの料理ではあるよ」

上手な説明が思い浮かばず、悠利は当たり障りのない説明をするしか出来ない。改めて考えると、おでんは煮物の親戚《しんせき》とか鍋の親戚とかでも通じそうな気がする。

強いていうなら、他の料理に比べて、おでんの具材は大きい。野菜、肉、練り物をぶち込んで、それぞれの旨味が引き立て合う絶妙の料理ではあるのだが。

悠利の答えに、ヤックは少し考えてから、口を開く。その顔はとても真剣だった。

「美味《おい》しい？」

「色々入れると、旨味が混ざり合って美味しいです」

「解った！」

悠利が真面目な顔で告げた言葉に、ヤックは笑顔になった。美味しいと解っているなら頑張れる。実に素直な少年だった。

しかし、そこでヤックは何かに気付いたような顔になる。

「ユーリ」

「何？」

「冷やしおでんって言ったよね。ってことは、本当は温かい料理なの？」

「うん。おでんは僕の故郷の冬の風物詩かな」

「冬の料理なの!?」

この暑い時期に!?　とツッコミを入れるヤックに、悠利はあははと笑った。確かにおでんは熱い食べ物で、冬の風物詩だ。けれど、悠利が口にしたのは冷やしおでんなので問題ない。

「冷めても美味しいというか、冷やしたらそれはそれで美味しいから、今日は作ってから冷やします」

「あー、だから、時間があるって言ったんだ」

「そう」

アジトの冷蔵庫は大きいので、大鍋を入れることもまぁ、出来る。とはいえ、入れたからと言ってきっちり冷めるかどうかは時間次第。今日はその時間が足りているから大丈夫だと言いたげな悠利に、納得するヤックだった。

となれば、やることは決まっている。さっさと作って、粗熱を取り、冷蔵庫に放り込んで完成させるのだ。

「それじゃ、オイラ何をしたら良い？」

「野菜は僕が用意するから、大鍋に昆布だしを入れて温めてくれる？　後、ゆで玉子作ってほしい」

「了解。ゆで玉子は半熟？　固ゆで？」

「今回は固ゆでで」

おでんに入れる玉子は、ゆで玉子にしてから出汁で煮込むので、どう考えても火が通る。なので、最初から固ゆでで作ることにするのだ。普段は、ゆで玉子は半熟派と固ゆで派が戦うのだけれど。

まぁ、そこは好みの問題なので、どちらが正しいとかではない。

おでんと言えば大根のイメージが強いかもしれないが、冬瓜も意外と美味しい。大根よりも早く火が通り味が染みこむのは、冬瓜の方が柔らかいからだろう。また、火が通ると角が取れてとろりとするので、その食感が好きな人にはお気に召すかもしれない。

そんなわけで、悠利は目の前の冬瓜と戦うことを決めた。まず丁寧に水洗いをし、まな板の上に冬瓜を置く。

置いて、そして——。

「……まな板から落ちそう」

「大きいなぁ……」

悠利がぼそっと呟《つぶや》いた一言に、ヤックも同意した。まな板の三分の二を埋める冬瓜の大きさは、なかなかに圧巻だった。

とはいえ、大きさに負けているわけにもいかない。包丁を手に、とりあえずは半分に切る。……の、だが。

「大きいから包丁が途中までしか入らない……」

「が、頑張れ、ユーリ」

冬瓜はそれほど強度はないので包丁は入る。皮に差し込んでしまえば、内部は柔らかいので包丁を動かすのも苦ではない。しかし、あまりにも大きすぎて、包丁が埋まってしまうのだ。

根元まで包丁を入れても、まだ全部が切れていないという状況だ。悠利はそろそろと包丁を何度も移動させ、頑張って冬瓜を切る。最終的に切り分けるので、多少ガタガタしても気にしないことにした。

そんなこんなで冬瓜を四分の一にした悠利が次に手にしたのは、大きなスプーンだった。カレーを食べるのに使っているスプーンだ。そのスプーンで何をするかと言えば、種を取るのだ。

冬瓜は、中央に種とワタが入っている。今回はおでんにするのでそれを取り除かねばならないのだ。スプーンでぐりぐりと抉《えぐ》れば取れるので、割と簡単だ。冬瓜は果肉が柔らかいので、子供でも出来る作業だ。

黙々と種とワタを取り除いた悠利は、次に冬瓜を切り分けて、皮を剥《む》く。元が大きいので、そのまま皮を剝くのはちょっと難しいのだ。リンゴを切ってから皮を剝くような感じである。

「ユーリ、おでんって何入れるの？」

「とりあえず、この大量の冬瓜を煮込みます」

「冬瓜スープじゃん」

「ゆで玉子とジャガイモも入れるよ」

「他は？」

「他は、ロカの街で買ってきた練り物！」

ヤックの質問に、悠利《ゆうり》はイイ笑顔で答えた。練り物？　と首を傾げるヤックに、悠利はにこにこ笑顔で説明をする。物凄《ものすご》くご機嫌だった。

「魚のすり身を固めて揚げてある食材だよ。旨味がじゅわーって出るから、おでんには必須《ひっす》なんだよね」

「なるほど」

「ぶっちゃけ、おでんの味付け、練り物が入ってなかったら完成しなくて……」

「……ユーリが今まで作らなかったのって、それが理由？」

「うん、それが理由」

きっぱりはっきり言い切る悠利。何も間違っていない。そして、色々と察しが良くなっているヤックだった。何だかんだで悠利と関わることが多いので、理解力も上がっていた。

実際、おでんを作るには練り物が欠かせない。出汁や醤油、酒、みりんなどで味付けをしたところで、おでんは完成しない。野菜の旨味だけでは出せないものがある。そして、それを補って完成させてくれるのが、練り物だ。

練り物は魚のすり身で作られているので、見た目以上に大量の旨味が出汁に染みこむ食材だ。なので、一種類だけではなく複数入れることで、味に深みが出る。

それは何もおでんに限ったことではない。煮物を作るときに紛れ込ませるのも良い。同じ理由で、お揚げも良い感じの出汁が出る。野菜の旨味も良いが、それ以外を加えることで味に深みが出るのは自明の理だった。

「ロカの街でそんなの売ってたんだ。てっきり、魚ばっかり買ってると思ってたけど」

「練り物は、形の悪い魚とかで作られてることがあるんだって。形は悪くても味は悪くないのとか多いしね」

「あー、野菜を飲み物やジャムにするやつと一緒だ」

「そうそう。勿論、最初から練り物にするために魚を捕ってる人もいるらしいけど」

色々と生産者の知恵がそこにある。その知恵の恩恵で美味しいご飯にたどり着けるので、悠利としてはありがたいと思っている。

練り物の形状になっていれば流通しているかと思ったのだが、王都ドラヘルンで見かけることはなかった。なので、港町であるロカの街で発見したときには、嬉々《きき》として買ってしまったのだ。おかげで、悠利の学生鞄《かばん》には多種多様な練り物が入っている。

鍋に入れた出汁が沸いてきたので、そこに調味料を加えて味を調える。酒、塩、醤油をベースに、味見をしながら調整する。とはいえ、最終的には具材を入れてみないと味が解らないので、今はざっくりという感じだ。

何しろ、現段階ではどれだけ味見をしても「濃いめのすまし汁」みたいな味にしかならないのだから。早く野菜と練り物を入れようと思う悠利だった。そうでないと味が決まらない。

とりあえず、具材を放り込む。本日のおでんの主役は冬瓜《とうがん》。そして、多種多様な練り物。ぽいぽいと放り込む悠利に、ヤックは面白そうな顔をしている。

「それじゃ、しばらくこのまま煮込むから、その間にゆで玉子の殻を剝こうか」

「うん」

茹《ゆ》で上《あ》がってからヒビを入れて水につけておいたゆで玉子を、二人がかりでペリペリと剝く。つるりんと殻が剝けるとちょっと嬉《うれ》しくなる。真っ白でつるつるなゆで玉子を見て、思わず笑顔になる悠利だ。

殻を剝いたゆで玉子は、水洗いして殻や薄皮が残っていないかを確認してから、鍋に入れる。じっくりことこと煮込むことで、出汁色に染まる美味しいおでんのゆで玉子になる。

おでんの具材にも色々とあるが、今日は冷やしおでんにするのが目的なので、肉系は入れない。牛すじ、手羽先、ウインナーなどを入れる文化もあるが、本日はご遠慮願うのだ。

何故《なぜ》かというと、冷やすからだ。肉類を入れるとスープに脂が浮き出してしまい、冷えるとそれが固まる。それに、練り物はともかく肉は冷めるとあんまり美味しくない気がする悠利なので、今日は除外することにしたのだ。

しばらく煮込んでいると、ふわりと良い匂いがしてくる。練り物から、旨味がじわじわと染み出しているようだ。

「出汁が良い感じになってきたかなー。味見、味見ー」

お玉で掬《すく》ったスープを小皿に入れて、悠利は味見をする。先ほどまでと違い、練り物からたっぷりと旨味が出ている。すまし汁っぽさが消えて、立派におでんの味になっている。練り物の仕事が完璧《かんぺき》すぎる。

悠利は、隣でじーっと見てくるヤックにも出汁を掬って小皿に入れて渡した。一口飲んだヤックは、ぱぁっと顔を輝かせた。

「ユーリ、このスープ美味しい」

「練り物を入れるとこういう風に味が決まるんだよね～。良い感じに出来たから、このまましばらく煮込んで、最後にジャガイモを入れよう」

「ジャガイモは何で最後？」

「早く入れたら崩れちゃうから」

「あ、そっか」

悠利の説明に、ヤックは納得した。ジャガイモは火を入れすぎると崩れてしまうのだ。なので、最後に加えて火を通すことになる。

待っている間に二人でジャガイモの皮を剝き、適当な大きさに切る。あまり小さいと崩れてしまうので、半分か三分の一にしておく。小振りなジャガイモはまるごとだ。おでんなので、それもまたホクホクのジャガイモを楽しめて良いのだ。

「他はどうするの？　まだ野菜いっぱいあるけど」

「そのままでも美味しいから、焼いて食べようか。テーブルの上に鉄板置いたら焼きたてを食べられるし」

「解った。それじゃ、どの野菜を使おう？」

「この辺かなぁ？」

悠利が選んだのは、カボチャ、ナス、人参、そしてパプリカだった。ちなみにこのパプリカは、リディが宝箱から手に入れたものだ。ピーマンが苦手な若様はパプリカもお気に召さなかったらしく、悠利に進呈されたのだった。

ヤックと二人で野菜を切っているところに、喉《のど》が渇いたのかウルグスが顔を出す。その姿を見て、悠利はぱぁっと顔を輝かせた。

「ウルグス、良いところに……！」

「あん？　いきなり何だよ」

「カボチャ切るの手伝って！」

「……は？」

冷蔵庫から牛乳を取り出して飲もうとしていたウルグスは、悠利のお願いに動きを止めた。突然の申し出だが、まな板の上にごろんと転がるカボチャを見て、色々と理解したらしい。

ヤックがごめーんと言いたげに両手を合わせてウルグスを見ている。そこそこ大きなカボチャで、二人の精一杯の努力を示すように少しばかりの切れ目が入っている。しかし、大きさに比例する強度に阻まれて、切れていないのだ。

「半分？」

「とりあえず半分でお願い」

「解った」

何故自分が頼まれたのかを理解しているウルグスは、包丁片手に悠利に大きさを聞く。そして、いとも容易《たやす》く大きなカボチャを半分にしてのけた。豪腕の技能《スキル》を持っているウルグスなので、悠利やヤックに比べて力持ちなのだ。

　二人が苦労したカボチャを一瞬で半分にし、その後も悠利に言われるままに食べやすい大きさに切り分けていく。包丁の切れ味は変わらない。しかし、使い手の腕力が変われば、切れないものも切れる。

「当番じゃないのにごめんね、ウルグス」

「いや、これ結構デカいからな。お前らが切るのは難しいだろ」

「切れなかったらまるごと大鍋《おおなべ》で茹でようかと思ってた」

「お前ときどき豪快だよな……」

　呆《あき》れたようなウルグスの言葉に、悠利は首を傾《かし》げた。現代日本なら電子レンジに入れるところだが、生憎《あいにく》とこの世界には電子レンジは存在しない。なので、代案として軽く茹でてから切ろうと思っただけだ。悠利の中では一応筋は通っている。

　ウルグスの助力を得てカボチャの準備が整い、悠利とヤックは一安心していた。他の野菜は簡単に切れるが、大きなカボチャは彼らには荷が重かったので。

「ウルグス、ありがとう！　おかげで助かったよ」

「へいへい。それじゃ、美味《うま》い飯期待してるぜ」

「任せてー」

　牛乳を飲んで去っていくウルグスを見送って、悠利とヤックは作業に戻った。

おでんの鍋を確認すると、良い感じに煮えていた。そこにジャガイモを投入し、しばらく火を入れる。

ほどよく火が入った頃合いで、ジャガイモを一つ取り出してぷすりと串《くし》を刺す。串が綺麗《きれい》に刺されば火が通っている証拠だ。そして、悠利が刺した串は綺麗に刺さった。

「よし、これで出来上がり。火を止めて冷まそう」

「うん」

一先ず出来上がったおでんを、悠利はじっと見つめていた。ヤックが不思議そうに悠利を見ている。そんなヤックの方を、悠利は悪戯《いたずら》を思いついたような顔で見た。

「……温かい内に味見する？」

「……する」

こそっと悠利が口にした提案に、ヤックは素直にのった。そこでのらないわけがない。練り物は数が限られているので、今悠利が取り出したジャガイモと、冬瓜が一つ味見用として小皿に載せられた。

ジャガイモも冬瓜も半分に分けて、二人で仲良く味見をする。

味の染みた冬瓜は柔らかく、口の中に入れるととろんと溶ける。歯ごたえは微かに残っているのだが、大根に比べれば随分と柔らかい。旨味をぎゅぎゅっと吸い込んだ冬瓜は、文句なしに美味《おい》しかった。

ジャガイモはまだそこまで味を吸ってはいなかったが、それでも出汁《だし》で煮込まれて柔らかくなっている。ホクホクとしたジャガイモ特有の甘みが口の中にぶわっと広がり、二人を笑顔にさせる。

「美味しい」

「良い感じだね。それじゃ、粗熱が取れたら冷蔵庫に入れて冷やそう」

「うん」

一番時間のかかる冷やしおでんの目処《めど》がこれでたった。悠利とヤックは、焼き物にする野菜をせっせと切り、どうせ鉄板を出すならと各種肉を食べやすい大きさに切っていくのだった。

「野菜はともかく、肉はいっぱい用意しておかないと取り合いになりそうだねぇ」

「ユーリ、それ、洒落《しゃれ》にならないと思う」

「あははは。とりあえず、多目に用意しておこうか。残ったら明日食べたら良いんだし」

「了解」

肉の鉄板焼きに食いつくだろう仲間達を思い浮かべながら、二人は準備に勤しむのだった。


そして、夕飯の時間。

カウンターにどーんと置かれた大鍋に、皆は何だアレという顔をしている。また悠利が何か変なことを始めたのかとでも言いたげだが、誰一人文句は言わなかった。鍋から漂う匂いが、とても美味しそうだったからだ。

「この大鍋の中身は僕の故郷の料理で、冷やしおでんです。冬瓜とジャガイモ、それに色んな練り物が入っていいます。各自好きなものを自分で取って食べてくださいね」

「テーブルの上の鉄板は肉と野菜を焼く用です。最初に置いてある分で足りなくなったら、カウンターの上から取ってください」

悠利《ゆうり》に続いてヤックが説明すると、皆の視線がテーブルの上の鉄板と、野菜と肉がそれぞれのった大皿に向けられる。なるほどと頷《うなず》く皆を確認した悠利は、にっこり笑顔で言い切った。

「各テーブルで喧嘩《けんか》しないでくださいね。喧嘩をした人は、食後のデザートの果物はなしです」

「「はい」」

「それじゃ、いただきます」

「「いただきます」」

悠利の言う喧嘩が食べ物の取り合いだと理解した一同は、素直に頷いた。悠利は言ったことは実行する。そのことを皆はよく解っているのだ。

自分達で肉や野菜を焼くことを嫌がる面々はいなかった。焼きたてが食べられると喜んでいる。そんな仲間達を見ながら、悠利は冷やしおでんを入れた器を持って席へと戻った。

「いただきます」

席について、悠利はもう一度小さく口の中で食前の挨拶《あいさつ》を口にした。まず最初に冷やしおでんの出汁を一口飲む。冷やしたことですっきりとした優しい味わいが際立っている。出汁と野菜、練り物の旨味が混ざり合った極上のスープだ。

このスープで雑炊やうどんにしたら美味しいだろうなぁと思いつつ、悠利は冬瓜に箸《はし》を伸ばす。温かいのを食べた段階でも美味しかったが、冷やしたらどうなっただろうかと興味津々だ。

結論から言えば、大成功だった。

煮炊き物というのは、火を入れた後、冷めていく過程で味が染みこむことがある。この冷やしおでんも、一度しっかりと煮込んで味を染みこませたものが、冷えていく過程で更に馴染《なじ》んだという感じだった。冬瓜《とうがん》の柔らかな触感と、優しい出汁の風味が絶妙のマッチングだ。

火を入れると表面がとろりとする冬瓜なので、噛《か》みやすい。これが気になる人には合わないだろうが、悠利はむしろ気に入っているので問題ない。大根のような固さはないが、こちらはこちらで絶品だった。

次いで箸を伸ばしたのは、練り物だ。悠利が最初にとったのは、白身魚のすり身を丸めて揚げた饅頭《まんじゅう》みたいな大きさの練り物だ。箸で割れば、柔らかさがよく解る。たっぷりと使われたすり身のおかげで、固めて揚げてあってもふわふわしているのだ。

ふんわり柔らかなすり身の旨味が、おでんの出汁を吸い込んで口の中に広がる。定番のちくわやごぼ天も良いが、こういう柔らかな練り物も悪くないなぁと思う悠利だった。

けれど、少しだけ残念に思うこともある。

「うーん、美味しいけど、美味しいだけに、コンニャクがないのが悔やまれる……」

「コンニャク？　何だそれは」

「僕の故郷でよく食べられている食材です。えーっと、確か、芋を加工したものだったかと。弾力のあるゼリーみたいな感じの、ぐにぐにした食べ物です」

「それは本当に食べ物なのか？」

「食べ物です」

思わず胡乱《うろん》げな顔になったアリーに、悠利は真顔で答えた。コンニャクは間違いなく食べ物だ。

ちょっと悠利の説明がアレだっただけで、きちんと食べ物です。

ただ、悠利としても他に説明の仕方が見つからなかったのだ。コンニャクを説明するのは難しい。類似品が見つからないので、例え話で説明することが出来ないのだ。

アリーが首を傾げ、その向かいに座っているブルックも不思議そうな顔をしている。そこで、それまで静かに鉄板の上で野菜を焼いていたヤクモが口を開く。

「おや、ユーリの故郷にはコンニャクがあったのか？」

「ヤクモさん、まさか、コンニャクもご存じで……？」

「うむ。アレは独特の食感の食べ物ゆえ、慣れぬ人々には忌避されるやもしれぬが、我は嫌いではないな」

「おでんにコンニャクを入れてじっくり火を入れると、味が染みこんで美味しいんですよ」

「ほほう。それはなかなかに魅力的だ」

まさかのコンニャクを知っている相手を発見して、悠利はうきうきと言葉を続ける。ヤクモの方も、珍しい故郷の食材の話が出来て嬉《うれ》しそうだ。

「でもコンニャクって健康にも良いんですよね。僕の故郷では、色んな形状で作られていて面白かったですよ」

「ほう。具体的にはどのような？」

「細長く麺類《めんるい》のように仕立ててみたり、一口サイズにして肉の代わりに焼いてみたり、果物の果汁と合わせてゼリーにしてみたり？」

「……最初の二つはともかく、最後は我にも流石《さすが》に想像が出来ぬのだが」

「普通のゼリーより歯ごたえがあって美味しかったです」

ちょっと噛み切りにくいのが難点ですけど、と悠利は付け加える。美味しかったのは事実だ。ヤクモは困ったような顔で考え込んでいたが。

そんな二人のやりとりを、アリーはため息をついて聞いていた。食べ物の話になると、テンションが上がって突っ走る悠利の姿に呆れているのだ。普段はそうでもないのに、美味しい食べ物とか好きな食べ物の話になると、途端に突っ走ってしまうのは悠利の悪い癖だった。

ヤクモとこんにゃく談義で盛り上がっている悠利の取り皿に、アリーは焼けた肉と野菜をぽいぽいと入れていく。悠利が気づいて首を傾げると、食べろと一言だけ告げられる。ありがたく好意を受け入れて、悠利は取り皿の肉と野菜に箸を伸ばした。

ちなみに、悠利と話していたヤクモの代わりに鉄板の上を管理しているのはブルックだ。ひょいひょいと慣れた手付きで野菜と肉を焼くブルックだが、合間合間にきっちり自分も食べているのは流石だった。ある意味プロっぽい。

悠利はまだ湯気の出ているカボチャを口に運ぶ。ウルグスにスライスして貰《もら》ったカボチャは、何も付けなくてもその旨みだけで悠利を満足させてくれる。口の中にぶわっと広がる甘さは優しくて、そのまま幾つでも食べられそうだ。

「んー、焼いただけなのにカボチャ美味しいー」

「そういや、この食材は収穫の箱庭のか？」

「そうです。いつも以上にお土産を貰っちゃったので、皆に頑張って食べて貰おうと思って」

「なるほどな」

その場で焼きながら食べるということで、焼きたての美味しさと目の前で焼ける匂いの相乗効果で消費量が増えるだろうと思った悠利である。

その目論見は、成功していた。あちらこちらのテーブルで、なくなった野菜や肉の補充をしている姿が見える。食欲旺盛《おうせい》な仲間達の姿に、悠利は一安心だと胸をなで下ろした。

人参も、焼いただけで甘みが口の中に広がる。特に何も付けなくても、人参が持つ甘みだけで食べることが出来るのは凄《すご》い点だ。塩や醬油《しょうゆ》、ポン酢などの他に、マヨネーズを付けているものもいた。マヨネーズと人参の相性は悪くない。

「野菜だけじゃなくて肉も食えよ」

「食べてますよ？」

「まぁ、このテーブルなら取り合いにはならんだろうが……」

「安全圏ですね、多分」

もぐもぐと口を動かして食べながら、悠利はしみじみと呟《つぶや》いた。アリーとブルックとヤクモという、常識的な大人三人と一緒に食べているので、何も心配はいらないのだ。取り合いどころか、ちゃんと食べろと皆が悠利に肉や野菜を与えてくる。

しかし、そんな平和なテーブルばかりではない。

「レレイさん、焼けた肉を片っ端から食べるのは止めてください！　アタイらの分がなくなるじゃないですか！」

「う？　大丈夫だよー、まだまだいっぱいあるもん」

「そういう問題じゃないですってば……」

こっちのやつ焼けてるよーと暢気《のんき》に笑うレレイに、ミルレインはがっくりと肩を落とす。レレイの圧倒的なまでの食欲と戦うには、彼女はいささか非力だった。

「ミリー、そこまでムキにならなくても良いじゃないですか」

「ロイリスは、大人しくレレイさんに譲ってないで、肉を食え！」

「いえあの、僕そんなにいっぱいは食べられな」

「良いから食え」

ロイリスが最後まで言い切る前に、ミルレインは彼の取り皿に焼けていた肉をどんと載せた。困ったような顔をするロイリスだが、これがミルレインの好意だと解っているので頭から拒絶することも出来なかった。

何でこの人はこんな風なんだと言いたげなミルレインだが、相手はレレイなので仕方ない。彼女にとって食事はもっとも楽しい時間だ。うきうきレッツゴー状態になってしまっても、無理はないのだ。多分。

なお、ミルレインのツッコミは右から左に聞き流しているレレイだが、その彼女の隙を衝いて、焼けた肉や野菜を彼女の前から反対側へ移動させている人物がいる。クーレッシュだ。口で言っても通じないので、行動しているのだ。

それに気づいたレレイが、不思議そうに隣に座るクーレッシュを見た。もごもごと頬を膨らませる勢いで口の中に食べ物を頬張っている姿は、とてもではないが成人済みの女性には見えない。見えないが、レレイらしいと思わせてしまうのもまた、彼女だった。

「何だよ」

「にゃにひへるの？」

「せめて口の中がもう少し減ってから喋《しゃべ》れ。何言ってるのか全っ然解らん」

ぴしゃりと言い切られて、レレイは素直に頭を下げた。解ったと言いたげに、口の中の食べ物を咀嚼《そしゃく》する。そして、もう一度、同じ質問を口にした。

「何してるの？」

「焼けたやつを避難させてる」

「避難？」

「お前の目の前にあったら無意識に食べるだろ。ロイリスは俺等より食べるのがゆっくりだから、これはロイリスの分な」

「なるほど。クーレ優しいねぇー」

端的な説明に、レレイはにこにこと笑った。面倒見が良くサポートを買って出るクーレッシュの性格を、彼女はよく知っている。いつも色々なところでお世話になっているのも事実だ。

クーレッシュの気遣いを知って、ロイリスはぺこりと頭を下げた。控えめな性格をしているロイリスでは、ミルレインのようにレレイに食ってかかって食べ物を手に入れることは出来ない。それを見越しての行動だった。

そんなレレイとクーレッシュを見て、ミルレインはぼそりと呟いた。ちなみにそれは、呟くつもりもなかったのだが、うっかり口から零れた本音だった。

「クーレさん、本当にレレイさんの世話係みたいだ……」

「ミリー、聞こえてる！　聞こえてるぞ、お前！」

「す、すみません……！」

止めてくれと悲痛な叫びを上げるクーレッシュに、ハッとしたミルレインが素直に謝った。レレイはよく解っていない顔だが、ロイリスは労《いたわ》るようにクーレッシュを見ている。

……つまりは、そういう風に理解されている二人の関係だった。クーレッシュには頑張って貰いたい。主に、レレイの世話係から逃げ切るために。

そんな賑《にぎ》やかなテーブルの隣では、穏やかな光景が広がっていた。

「はぁい、皆、ちゃんと食べないとダメよぉ？　しっかり食べて大きくならなくちゃね」

「マリア、僕の胃袋そこまで大きくないから、肉を積み上げるの止めて」

「あら、もう食べられないかしら？　それじゃ、このお肉は私が貰うわね～」

うふふと優しく微笑《ほほえ》みながら、マリアはアロールの皿から肉を自分の皿へと移す。肉や野菜を焼くのを一手に引き受けながら、自分もしっかり食べているマリアである。

がぶりと肉厚のオーク肉にかぶりついて、美味《おい》しいと微笑む姿は妖艶《ようえん》だ。けれど同時に、無邪気に食事の美味《うま》さに喜んでいる姿でもあるので、微笑ましい。ぺろりと唇で肉の脂を舐《な》めとる仕草が、ちょっとばかりセクシーだったが。

アロールとマリアのやりとりを、ヘルミーネはカボチャを囓《かじ》りながら見ている。なお、自分の皿に入っているパプリカを、ひょいひょいと隣のイレイシアの皿に入れるのは忘れない。ピーマン嫌いのヘルミーネなので、パプリカもちょっと苦手なのだった。

「……ヘルミーネさん」

「一個食べてみたけどやっぱりダメだったんだもん」

「仕方ありませんわね」

一応、食べずに忌避するのは良くないと思って、ヘルミーネもチャレンジはしてみたのだ。けれど、口に合わなかったのだ。困ったように微笑みながら、イレイシアはヘルミーネから横流しされたパプリカを上品に囓った。

冷やしおでんを食べていたアロールが、不意にあっと小さく呟いた。その呟きに、三人の視線がアロールに向かう。

「どうしたの～?」

「何々?　何かあった?」

「アロール、どうかしましたか?」

「……冷やしおでん凄く美味しいから、食べたいなら早く持ってきた方が良いかも」

「「え？」」

「…………あ」

　アロールの言葉に、イレイシアとマリアは不思議そうに首を傾《かし》げるだけだ、しかし、ヘルミーネは何かに気づいたように呟き、そして、ガタッと立ち上がると器を手にカウンターへと慌てて走り出した。

「ヘルミーネさん、いったいどうしたんですか？」

「イレイスも、食べたいなら行った方が良いよ。この練り物も、魚のすり身たっぷりで凄く美味しいし」

「あ、はい。それでは、失礼します」

　ぺこりとお辞儀をしてイレイシアがヘルミーネを追いかける。冷やしおでんはもう食べたのでお代わりはいらないらしいマリアだけが、残っていた。

　もぐもぐと薄っぺらい丸形の練り物を食べながら、アロールはマリアを見た。説明を求めるようなマリアの視線に、何も持っていない箸《はし》をすいっと別のテーブルへと向けた。

　果たしてそこには、一心不乱に冷やしおでんのスープを飲むマグの姿があった。

「…………あぁ、なるほど」

「これ、マグの好きそうな味だなって思って」

「具材じゃなくてスープに反応してるのかしら？」

「そうかも」

出汁《だし》の信者は今日も出汁に一直線だった。ベースに昆布出汁を使い、練り物の旨みがたっぷりしみ出したおでんのスープを、マグが気に入らないわけがなかったのだ。

いつもなら適度にマグにツッコミを入れ、彼の行動を抑制してくれるはずのウルグスが、今日はちっとも反応していない。ソレも無理はなく、ウルグスはせっせと鉄板の上で肉と野菜を焼きながら、肉を満喫していたのだ。

隣に座るマグが、いつも以上に大人しく、黙々と食べているので反応が遅れているのだろう。また、冷やしおでんが入っている鍋《なべ》が大鍋なので、まだまだスープに余裕があるのも理由になるだろう。少なくとも、取り合いをする段階にはなっていないので。

とはいえ、このまま放置しておくと、鍋の中身、特に液体が全部マグの胃袋に消えそうな勢いだった。なので、そうなる前に、食べたい人は自分で確保に動いた方が良いと忠告したアロールだった。

「そういえば、この野菜はあの子のくれたお土産らしいわよぉ」

「……あぁ、なるほど。だから美味しいんだ」

「迷宮食材づくしだなんて、贅沢《ぜいたく》よね～」

にこにこ笑うマリアに、アロールはそうだねと素直に同意した。収穫の箱庭に赴けば手に入れることが出来るのは事実だが、悠利《ゆうり》が貰《もら》ってきたのはその中でも特に上質なものばかりだ。大好きなお友達相手には色々と気合いが入るダンジョンマスターを、彼女達は知っている。

可愛《かわい》い見た目に、人外故の規格外の能力を持った、内面は幼児のようなダンジョンマスターを思い出す。悪い子ではないだろうし、こちらが誠実に接すれば誠実に対応してくれるのも確認済みだ。だからこそ、マリアは小さく呟いた。

「あの子を敵に回すのは、ユーリを敵に回すのと同じことなんでしょうねぇ」

「何か言った？」

「いいえ、何でもないわ」

ただの独り言だったので、マリアはアロールにそれ以上何も言わなかった。純粋な存在ほど、怒らせたときが怖い。けれど、得てしてそういう場合、彼らを怒らせた方が悪いのだ。マリアはそれを、知っている。

皆が思い思いにのんびりと食事を続け、それが終わりに近づいた頃に不意に悠利が声を上げた。皆がそれに耳を傾ける。

「食事の終わった人は、冷蔵庫の中に一人前ずつ果物盛り合わせが作ってあるので、それを持ってきて食べてくださいね。一人一つで、中身も全部同じなので、取り合いとかしないようにお願いします」

悠利の言葉に、返事はあちこちから上がった。一番初めに動いたのはヘルミーネで、デザートの果物にうきうきしながら台所スペースへ向かう。彼女は甘味だけでなく果物も大好きなので、喜びも一入《ひとしお》なのだ。

ヘルミーネが手にした綺麗《きれい》な器に盛り付けられた果物を見て、アリーは隣でのんびりと食事を続ける悠利を見た。こいつ相変わらずマメだなぁと言いたげな顔で。

いや、実際皆が、そう思ったのだ。大皿にどーんと盛り付けてあるのではなく、一人前ずつ準備をしている悠利。人数がいればそれだけで面倒くさいのに、当たり前のようにそういうことをする。それも、複数の果物を美味しそうに盛り付けてあるのだから。

アリーの視線に気づいた悠利が、不思議そうに首を傾げた。

「アリーさん、どうかしました？」

「いや、何でもねぇ」

「？」

こてんと首を傾げつつ、何もないならそれで良いやと悠利は食事に戻る。大切な友達がくれた、たくさんの美味しい美味しい食材に舌鼓を打つ。その顔は、とても幸せそうな笑顔だった。

貰ってきた食材はまだまだ山盛りだ。次はいったい何を作ろうかと悠利は考える。何を作れば皆が喜んでくれるだろう。何が食べたいだろう。そんなことを考える悠利の表情は、とても楽しそうなものだった。

友達からの贈り物を使って仲間達を喜ばせる料理が作れるのは、悠利にとって何よりもの幸福なのでした。

あとがき

この度は、本書をお買い上げいただき、誠にありがとうございます。作者の港瀬《みなとせ》つかさです。

さて、十一巻の発売です。十一巻です。二桁《ふたけた》の新しい一歩を踏み出しました。相変わらず、ちょっとまだ現実が非現実じゃないのかな？　ぐらいで実感が湧いておりませんが、無事に十一巻が出ることになりました。現実が凄《すご》い。

十一巻になっても、作品も作者も何も変わっておりません。でもまぁ、それもまた持ち味かと思います。ですので、そういうのを楽しんでくださると嬉《うれ》しいです。悠利《ゆうり》達が、のんびりと日常を綴《つづ》るタイプの作品なので。

さて、この十一巻では新キャラが一人追加されております。表紙で素敵な姿を見せてくれている、訓練生のマリアです。なかなか出番の枠が回ってこず、やっと登場させることが出来た不遇の身なのですが、当人は割と元気そうですね。本文でも絶好調です。

今までのキャラにはいない感じの妖艶《ようえん》美人さんだ！　と意気込んだ作者ですが、そこはそれ、悠利の周りにいる方々が、見た目通りの性格をしているわけがないのでした。色々と愉快なマリアさんですが、そこも含めて楽しんでいただければと思います。

今回の見所と言いますか、個人的にイチオシなのは、可愛《かわい》いと可愛いの共演だと思っております。

我が道を突っ走るワーキャットの若様と、存在は規格外だけれどほわほわと可愛いダンジョンマスターの二人が一緒にいると、それだけで画面が可愛いで埋め尽くされてしまいます。可愛い。文章で表現出来なかった分、イラストで可愛いを堪能して下さい。表紙が既に可愛い。

今回も、シソさんには素敵なイラストを添えていただいて、いつも通り誰より狂喜乱舞している作者です。うちの子がシソさんのイラストですこぶる可愛い。とても元気が出ます。

相変わらずの進捗《しんちょく》がダメダメな作家なので、担当さんを始め、各種関係者の皆様に多大なるご迷惑をおかけしてしまい……。無事に本が出たのは、ひとえに作者以外の皆様が物凄く頑張って下さったおかげです。伏して御礼申し上げます。毎度毎度、申し訳ございません……。

今年の夏は何だこれはと思うほどに暑く、これを異常気象と言わずして何と言うのか？　みたいなことを常に考えながら生きておりました。エアコン万歳。文明の利器って素晴らしい。でも、エアコンを使い続けると疲労が蓄積されるタイプなので、夏は本当にしんどかったです。それでも大きく体調を崩さなかったので、まだ良いかと思います。冬は冬で寒さに震えるんですが。

作者のダメな近況はともかく、不二原理夏《ふじわらりか》先生による素敵で可愛い作画が魅力的なコミカライズも、好評連載中です。原作とはまたひと味違う悠利達を楽しんでいただけると嬉しいです。原作者のはずが、ファン一号状態でいつも楽しみにしている立場ですが、面白さは保証します。うちの子が可愛くて面白くて、美味《おい》しそうなご飯がいっぱいのコミカライズですからね！

それでは、今回はこの辺りで失礼します。願わくは、次巻で皆様にお会いできますように。お買い上げいただき、ありがとうございました。

お便りはこちらまで

〒102－8078
カドカワBOOKS編集部　気付
港瀬つかさ（様）宛
シソ（様）宛

カドカワBOOKS

最強《さいきよう》の鑑定士《かんていし》って誰《だれ》のこと？ 11
～満腹《まんぷく》ごはんで異世界生活《いせかいせいかつ》～

2020年11月10日　初版発行

著者／港瀬《みなとせ》つかさ

発行者／青柳昌行

発行／株式会社KADOKAWA

〒102-8177
東京都千代田区富士見2-13-3
電話／0570-002-301（ナビダイヤル）

編集／カドカワBOOKS編集部

印刷所／暁印刷

製本所／本間製本

Printed in Japan
ISBN 978-4-04-073863-5 C0093

新文芸宣言

かつて「知」と「美」は特権階級の所有物でした。

15世紀、グーテンベルクが発明した活版印刷技術は、特権階級から「知」と「美」を解放し、ルネサンスや宗教改革を導きました。市民革命や産業革命も、大衆に「知」と「美」が広まらなければ起こりえませんでした。人間は、本を読むことにより、自由と平等を獲得していったのです。

21世紀、インターネット技術により、第二の「知」と「美」の解放が起こりました。一部の選ばれた才能を持つ者だけが文章や絵、映像を発表できる時代は終わり、誰もがネット上で自己表現を出来る時代がやってきました。

UGC（ユーザージェネレイテッドコンテンツ）の波は、今世界を席巻しています。UGCから生まれた小説は、一般大衆からの批評を取り込みながら内容を充実させて行きます。受け手と送り手の情報の交換によって、UGCは量的な評価を獲得し、爆発的にその数を増やしているのです。

こうしたUGCから生まれた小説群を、私たちは「新文芸」と名付けました。

新文芸は、インターネットによる新しい「知」と「美」の形です。

2015年10月10日
井上伸一郎